De omweg

Gerbrand Bakker bij Uitgeverij Cossee

Boven is het stil
Perenbomen bloeien wit
Perenbomen bloeien wit (luisterboek)
Ezel, schaap en tureluur
Juni

Gerbrand Bakker

De omweg

Roman

Cossee
Amsterdam

Boekomslag Marry van Baar
Foto auteur Isolde Ohlbaum
Typografie binnenwerk Adriaan de Jonge
Druk HooibergHaasbeek, Meppel

ISBN 978 90 5936 294 9 | NUR 301

Ample make this Bed –
Make this Bed with Awe –
In it wait till Judgment break
Excellent and Fair.

Be its Mattress straight –
Be its Pillow round –
Let no Sunrise' yellow noise
Interrupt this Ground –

NOVEMBER

I

Op een vroege ochtend zag ze de dassen. Ze liepen rond bij de kring van stenen die ze een paar dagen eerder ontdekt had, en die ze eens in de ochtendschemering wilde zien. Ze had altijd gedacht dat het vreedzame, wat trage en schuchtere dieren zijn, maar er werd gevochten en gesist. Ze verdwenen zonder haast tussen de bloeiende gaspeldoorn toen ze haar zagen. Het rook er naar kokos. Ze liep terug over het pad dat alleen te vinden was door ver vooruit te kijken; dat ze vermoedde door roestige *kissing gates*, vermolmde *stiles* en een enkele paal met een teken waarvan ze dacht dat het een lopend mannetje moest voorstellen. Het gras was niet platgetreden.

November. Windstil, vochtig. Ze was blij met de dassen, tevreden dat ze de dieren bij de kring van stenen wist, ook als ze daar niet was. Langs het grassige pad stonden oeroude bomen, begroeid met lichtgrijs, ruw mos, de takken broos. Broos en toch taai nog steeds in blad, de bomen waren opvallend groen voor de tijd van het jaar. Het was er vaak grauw, de zee was niet ver weg, als ze overdag uit een van de ramen van de bovenverdieping keek, kon ze hem soms zien. Op andere dagen was de zee nergens te bekennen. Alleen bomen, voornamelijk eiken, soms lichtbruine koeien, die nieuwsgierig en onverschillig tegelijk naar haar keken.

's Nachts hoorde ze water, er stroomde een beekje langs

het huis. Een enkele keer schrok ze wakker, dan was de wind gedraaid of opgestoken en het geruis van water weggevallen. Ze was er toen een week of drie. Lang genoeg om wakker te worden van een geluid dat ze miste.

2

Van de tien dikke, witte ganzen die op het stuk land langs de oprijlaan liepen, waren er na een kleine maand nog zeven over. De andere drie vond ze terug als losse veren en één oranje poot. De overgebleven beesten stonden onaangedaan gras te vreten. Ze kon geen andere rover bedenken dan een vos, maar het zou haar helemaal niet verbaasd hebben als er wolven of grijze beren rondliepen. Ze had het gevoel dat het haar schuld was dat de ganzen opgevreten werden, dat zij verantwoordelijk was voor hun overleven.

'Oprijlaan' was een groot woord voor het kronkelende, onverharde pad van een kilometer of anderhalf, zo her en der halfverhard met een lading baksteengruis of kapotte dakpannen. Het land langs het oprijpad hoorde bij het huis – weide, moeras, bosjes – en nog steeds doorzag ze niet precies hoe de ligging was, vooral omdat het heuvelde. Het ganzenveld was keurig omheind met prikkeldraad, dat wel. Het redde de beesten niet. Ooit had iemand een drietal vijvertjes voor ze gegraven, elk iets lager gelegen dan het vorige, die gevoed werden door een onzichtbare bron. Ooit ook had er bij die vijvertjes een houten huisje gestaan, inmiddels niet veel meer dan een gekapseisd dak met een doorgezakt bankje ervoor.

Het huis stond met de achterkant naar het oprijpad, met de voorkant naar de kring van stenen (onzichtbaar) en, een flink stuk verderop, de zee. Heel langzaam daalde het land en alle ramen gaven uitzicht naar omlaag. In de achterkant van het huis waren niet meer dan twee kleine ramen, één in de grote slaapkamer en één in de badkamer. Het beekje lag naast het huis, aan de keukenkant, en daalde vanzelfsprekend mee. In de woonkamer, waar vrijwel de hele dag licht brandde, stond een grote houtkachel. De trap was niet weggebouwd, stond open tegen een zijwand, recht tegenover de voordeur, waarvan de bovenste helft uit een dikke ruit bestond. Boven twee slaapkamers en een enorme badkamer, met daarin een oud bad op leeuwenpoten. In de oude varkensstal – waar nooit meer dan drie grote varkens hadden kunnen staan – een flinke voorraad hout en allerlei achtergelaten rommel. Onder die stal een ruime kelder, waarvan ze het nut niet inzag. Keurig netjes was het er, de wanden gladgestreken met een soort leem, een langwerpig, smal raam naast de betonnen trap gaf wat licht. De kelder kon afgesloten worden met een luik, dat zo te zien al lang niet neergelaten was. Beetje bij beetje vergrootte ze haar ruimte, de kring van stenen was niet veel verder weg dan een kilometer of twee.

3

De ruimte rondom het huis. Eén keer was ze naar Bangor gereden om er inkopen te doen, daarna koos ze voor Caernarfon, dat dichterbij was. Bangor was een kleine stad, en toch vond ze het er veel te druk. Er was daar een universiteit, er waren dus studenten. Ze kon geen student meer zien, zeker geen eerstejaars. Ze wilde niet meer naar Bangor. In het kleinere Caernarfon waren veel winkels gesloten, met witte verf was FOR SALE op de ruiten gekalkt. Ze zag dat winkeliers bij elkaar op bezoek gingen en gezamenlijk koffiedrinkend en rokend de moed erin hielden. Het kasteel stond erbij zoals een natuurbad er in januari bij kan liggen. De Tesco was groot en ruim en tot negen uur 's avonds open. Ze kon nog niet erg wennen aan de smalle, holle wegen, remde voor elke bocht af, raakte in paniek van links of rechts.

Ze sliep in de kleine slaapkamer, de matras lag op de grond. Er was een open haard, net als in de grote slaapkamer, tot dan toe had ze er nog niet één keer in gestookt. Ze had dat eigenlijk eens moeten doen, al was het alleen maar om te zien of de schoorsteen trok. Het was veel minder vochtig dan ze verwacht had. De mooiste ruimte boven was de overloop; een L-vormig houten hek langs het trapgat, uitgesleten houten planken op de vloer en een brede vensterbank bij het raam. In die vensterbank zat ze zo nu en dan, 's avonds, en keek tussen de ranken van een oude klimstruik door de duisternis in. Dan zag ze dat ze niet helemaal alleen was, er brandde licht, ergens in de verte. Die kant uit was Anglesey en vanaf Anglesey ging een boot naar Ierland. Op vaste tijden voer de boot af en op andere vaste tijden meerde de boot aan. Eén keer had ze de zee zien glanzen bij het licht van de maan, het water glad en bleek. Soms hoorde ze gesnater vanaf het ganzenveld, gesmoord door de halve meter dikke muren. Ze kon daar niets aan doen, ze kon niet een vos tegenhouden in de nacht.

4

Haar oom was op een dag de vijver in gelopen. De vijver in de ruime voortuin van het hotel waar hij werkte. Het water wilde niet hoger komen dan zijn heupen. Collega's haalden hem eruit, gaven hem een droge broek, zetten hem op een stoel in de warme keuken (het was half november). Schone sokken waren niet voorhanden, zijn schoenen werden op een oven gezet. Dat was het wel zo'n beetje, wat ze ervan wist. Later hoorde ze er weinig meer over. Alleen dat hij die vijver in gelopen was, en daar een tijdje was blijven staan, nat tot vlak onder de door het hotel verstrekte riem. Verbaasd misschien wel. Hij zal het water toch zeker dieper ingeschat hebben.

Dat ze daar was, had iets te maken met de oom. Tenminste, zoiets begon ze te vermoeden. Er gingen weinig dagen voorbij dat ze niet aan hem dacht, hem zag staan in dat rimpelloze water van de hotelvijver. Zo ver heen dat hij nauwelijks besefte dat heuphoog water niet voldoende was om zich in te verdrinken. Niet in staat zich te laten vallen, alle zakken van de kleren die hij droeg volgestopt met de zwaarste voorwerpen die er in een hotelkeuken te vinden waren.

Ze had heel lang niet aan hem gedacht, mogelijk hier in dit vreemde land wel omdat het net als toen november was, of omdat ze voelde hoe het een mens kan vergaan als hij simpelweg niet meer weet hoe verder, hoe vooruit of achteruit. Dat een ondiepe hotelvijver kan aanvoelen als een pas op de plaats, een stilstand, de oever – zonder begin en zonder eind, een cirkel – als heden, verleden en toekomst zonder grenzen. En ze meende daardoor ook te begrijpen dat hij er zomaar bleef staan, zonder te proberen zijn hoofd onder water te krijgen. Stilstand. Zonder enige vorm van lichamelijkheid, geen seks, geen erotiek, geen enkel gevoel van verwachting. In de kleine maand dat ze in het huis was, had ze, behalve als ze in het leeuwenpotenbad lag, niet één keer een hand tussen haar benen willen steken. Ze bewoonde dit huis zoals hij in die vijver gestaan had.

5

De grote slaapkamer had ze ingericht als werkkamer. Of, beter gezegd, ze had de eikenhouten tafel vol oude houtwormgaten, die er stond toen ze aankwam, voor het raam geschoven en er een bureaulamp op gezet. Naast de lamp zette ze een asbak en naast de asbak legde ze de *Collected Poems* van Emily Dickinson. Voor ze aan de tafel ging zitten, schoof ze meestal het raam een stukje open. Als ze rookte, blies ze de sigarettenrook naar de kier. In deze kamer stoorden de bladeren van de klimstruik haar, dus op een dag haalde ze de gammele houten trap uit de varkensstal en sneed met een mes de takken voor het raam weg. Daarna had ze onbelemmerd zicht op de eikenbomen en velden, heel soms op de zee, en kon ze ongehinderd nadenken over wat dat nog betekende voor haar, 'werk'. Achter haar stond een divan, die ze tot haar divan had gemaakt door er een mosgroene doek overheen te leggen. Op een laag tafeltje ernaast had ze wat boeken gelegd, maar ze las geen letter. Precies in het midden van de schoorsteenmantel had ze het portret van Dickinson gezet, in een fotolijstje van de Blokker. Het omstreden portret, een kopie van de daguerreotype die op eBay aangeboden was.

De lichtbruine koeien stonden soms bij het stenen muurtje dat het land van haar erf scheidde, ze leken precies te weten achter welk raam ze hun bekeek. *Mijn erf.* Daar zou ik iets mee kunnen, dacht ze, de ene sigaret na de andere rokend. Ze vroeg zich af van welke boer die koeien waren, waar zijn boerderij eigenlijk stond. Dit heuvelland vol beken en stroompjes en plukken bomen was echt veel te ingewikkeld en onoverzichtelijk voor haar. Zo nu en dan legde ze een hand op de dichtbundel van Dickinson, streek over de rozen op het omslag. Ze kocht een snoeischaar en een boomzaag bij een ijzerhandel in Caernarfon.

6

Ze nam het huis zoals het was. Er stonden wat meubels, een koelkast en een vrieskist. Ze kocht een paar kleden (alle kamers hadden dezelfde brede, kale planken) en kussens. Keukengerei, pannen, borden, waterketel. Kaarsen. Twee staande lampen. De houtkachel in de woonkamer brandde de hele dag. De keuken werd verwarmd door zo'n typisch Engels kooktoestel dat werkte op olie. De olie zat in een tank, die ingeklemd stond tussen de zijmuur en het beekje en aan het zicht onttrokken werd door bamboe. Het enorme ding verwarmde ook het water, op de dag dat ze haar intrek nam in het huis had ze een handgeschreven gebruiksaanwijzing gevonden op de keukentafel, met een platte steen erbovenop. '*Good luck*!' wenste de schrijver haar toe. Heel even dacht ze na over wie het geschreven kon hebben, al snel maakte het haar niets uit. Ze deed precies, stap voor stap, wat er op het papier stond, en zonder dat ze zich er erg over verbaasde, ging het ding aan, kon ze 's avonds al het grote bad vol laten lopen met stomend water.

Alleen die ganzen, dat vond ze wel wat vreemd. Had ze die ook gehuurd? En op een ochtend liep op het aan de weg gelegen stuk land plotseling een grote kudde zwarte schapen, die allemaal een witte bles hadden en lange staarten met een witte punt. Op haar grond. Van wie waren die?

7

Ze ontdekte dat het pad dat uiteindelijk naar de kring van stenen leidde – en daar verderging, hoewel ze nog nooit verder was geweest – in de scherpe bocht van het oprijpad zich daarmee samenvoegde. Een kissing gate in een haag van gedrongen eiken was volkomen overgroeid geraakt met klimop. Zo te zien was er in jaren niemand doorheen gegaan. Aan de andere kant van het draaihek een veld met lang, bruin gras. Daar ergens moest een huis staan, een stuk verder langs het oprijpad was een kippenhok, waarin dag en nacht een zwak licht brandde. Ze knipte met haar nieuwe snoeischaar alle klimop weg en zaagde de dikke stronken bij de grond af. De kissing gate deed het nog. In de oude varkensstal vond ze een ouderwetse oliespuit, en na het knippen en zagen smeerde ze de scharnieren. Toen pas besefte ze dat het pad over haar oprijpad en erf liep, voor het via een tweede kissing gate in het stenen muurtje door de weilanden naar het houten bruggetje over de beek ging. Een *public footpath,* en ze meende te weten dat je daar als landeigenaar weinig tegen kon doen. Na het smeren liep ze met de oliespuit nog in de hand naar de weg en sloeg daar rechtsaf. Na een meter of tweehonderd vond ze de wegwijzer met het lopende mannetje, zijn benen waren overgroeid met korstmos. Ze durfde niet over de stile te klimmen, bang als ze was dat ze dan over het erf van het huis dat ze nog nooit had gezien zou komen. Nooit eerder was ze rechtsaf geslagen, Caernarfon was linksaf. Ze liep nog een stuk door, de holle weg steeg licht. Na een minuut of tien kwam ze bij een T-splitsing en op die plek zag ze voor het eerst de berg. Ze besefte wat een uitgestrekt landschap achter haar huis lag, en hoe klein ze tot op dat moment haar ruimte had gehouden. Ze zag ineens de oliespuit in haar hand. Ze wreef over een blaar aan de binnenkant van haar duim en keerde snel om. De ganzen stonden haar, net als tijdens de vorige keren dat ze er langsgelopen was, luid toe te snateren. De volgende dag kocht ze in een buitensportwinkel in Caernarfon een *Ordnance Survey*-kaart, schaal één op vijfentwintigduizend.

8

Op een koude avond besloot ze de kleine haard in haar slaapkamer uit te proberen. Het raam moest open. Niet om rook af te voeren, maar warmte. Ondanks het open raam bleef het zo warm dat ze naakt op het dekbed moest gaan liggen. En ze dacht niet aan haar oom, ze zag die student, de eerstejaars. Ze spreidde haar benen licht en stelde zich voor dat haar handen zijn handen waren. Na een tijdje deed ze het licht aan, niet de grote lamp, maar het leeslampje dat naast het matras op de grond stond. Haar borsten waren monsterlijk groot op de witte muur, zijn handen nog groter. Het was of het brandende hout alle zuurstof uit het kamertje trok, ze niet anders kon doen dan hijgen. Hoewel er geen buren waren, zag ze steeds de donkere ruit, zonder gordijnen, en zag ze zichzelf liggen. Opgewonden vrouw, alleen, fantaserend over dingen die allang voorbij waren, dingen waar ze eigenlijk maar beter niet meer aan moest denken. Dat ongerepte lijf, soepel en mager, krachtige kont, holtes achter de sleutelbeenderen, uitstekende bekkenbotten. De zelfzuchtigheid, de energie en onnadenkendheid. De onbedekte ruit, waardoorheen wie dat wilde kijken kon, tenminste, als de moeite genomen werd wat ranken van de klimstruik opzij te duwen. Erna rookte ze in de werkkamer een sigaret, nog steeds naakt. Ze zag zichzelf zitten, huiverend daar in de kou. Ze blies zichzelf rook in haar gezicht en dacht aan hem zoals hij later voor haar zat, tussen de andere studenten, een van de velen, met een gezicht als een kind dat zijn zin niet kreeg. Een boosaardig en egoïstisch kind, en zo meedogenloos als kinderen kunnen zijn.

9

De dag daarop scheen de zon. Het weer was hier heel anders dan ze zich had voorgesteld; het kon heel stil en nogal warm zijn, zelfs nu, diep in het jaar. Ze ging rond het middaguur naar de kring van stenen. De dassen waren er niet, wat ze niet vreemd vond omdat ze meende te weten dat het nachtdieren zijn. Op de gedetailleerde kaart die ze had gekocht liep inderdaad een groene stippellijn over haar oprijpad en erf. Zelfs de naam van haar huis stond op de kaart. Het huis van het kippenhok bleek iets minder dan een kilometer verderop te staan, in een grotere omtrek om haar heen waren meerdere boerderijen. De kring van stenen werd weergegeven door een soort bloem, waarnaast in een ouderwets lettertype *stone circle* stond. De berg bleek Mount Snowdon te zijn. Bij de steencirkel voelde ze zich bekeken, terwijl ze de vorige keer nog bijna gedacht had hem ontdekt te hebben. Ze trok haar kleren uit en ging als een koudbloedig dier op de grootste kei liggen. Hij verwarmde haar rug. Ze viel in slaap.

Al een paar nachten kalmeerde het stromen van de beek haar niet meer; geluiden – krakende planken, geschuifel van (zo mocht ze hopen) kleine dieren en een bijna onverdraaglijk klagende roep vanuit het bos – hielden haar wakker, en als ze wakker was, begon ze na te denken. Ze wond zich toch weer op, werd kwaad en opstandig. Ze zuchtte, draaide, woelde, stelde zich voor wat er in haar lichaam gebeurde. Ook probeerde ze de licht zeurende pijn te lokaliseren. Zeurend, en niet – zoals ze verwacht had – knagend, als tientallen kleine snaveltjes die zich langzaam maar zeker een weg vraten. Misschien reageerde ze gewoon goed op de paracetamol die ze innam. Angstig werd ze ook. Gisteravond, terwijl ze zichzelf bekeek, rokend, was haar gezicht veranderd in een vreemd gezicht, niet langer een spiegelbeeld maar een gluurder. Het was november, in december zouden de dagen nog korter worden. *Gordijnen,* had ze op het vel papier geschreven dat voor haar op de tafel lag. Het was het eerste woord dat ze opschreef. Ze was teruggegaan naar de slaapkamer, had het raam dichtgeschoven en nog een tijd lang naar de onbedekte ruit liggen staren, met een hartslag alsof ze een paar keer de trap op en af was gelopen.

Toen ze wakker werd, begreep ze eerst niet wat er bij haar voeten gebeurde, ze dacht aan wind en de gaspeldoorn. Haar voetzolen werden niet beroerd door iets scherps. Heel voorzichtig tilde ze haar hoofd van de steen. Eerst zag ze een witte streep, die een streep was door de zwarte vlakken ernaast, ze dacht meteen aan de koppen van de zwarte schapen. Donkere, kleine ogen keken van tussen haar voeten omhoog, de das staarde recht haar schoot in. De spieren in haar nek begonnen te trillen, haren kriebelden op haar voorhoofd. Het dier keek haar aan, ze vroeg zich af of hij haar werkelijk zag, of een das begrijpt dat ogen ogen zijn. Hij verroerde zich net zo min als zij dat deed, al kon dat niet al te veel langer duren omdat haar halswervels pijnlijk gekromd tegen de steen drukten. Toen kroop het dier traag de steen op, tussen haar kuiten en knieën door. Hij hief en draaide zijn kop en begon te snuiven, neus scheef, blik recht vooruit. Ze kwam razendsnel omhoog en legde beide handen in haar schoot. De das schrok daar zo van, dat hij opsprong en zich in de sprong half omdraaide, weg van haar. Hij landde op haar linkerbeen, haar voet zat hem bij zijn vlucht in de weg. Hij beet in haar wreef. Ze had de tijd een tak van de grond te rapen en hem ermee te slaan. Ze sloeg zo hard dat de tak knapte op zijn rug, met een droog geluid, dat haar ondanks de schrik deed vrezen dat ze zijn ruggengraat gebroken had. Hij gromde en kronkelde, en verdween hobbelend onder een gaspeldoorn. Een paar vogeltjes vlogen op. Daarna werd het heel stil, bloed drupte langs haar voet op de steen, ze voelde weinig pijn en dacht: laat maar even bloeden. Ze lag weer op haar rug, de steen gaf nu geen warmte meer af. Ze liet één hand in haar schoot rusten, haar lichaam leek terug te zijn. Vreemd dat ze dat gisteravond niet begrepen had. Eigenaardig ook dat een dier dat haar aanviel vanzelfsprekend een 'hij' was.

Aangezien ze geen verbanddoos had, moest ze een oud T-shirt stukknippen. Ze liet heet water in het bad lopen en hield haar voet erin tot de huid begon te rimpelen. Daarna knoopte ze een reep stof om haar voet. Later trok ze uit het stapeltje boeken dat op het tafeltje naast de divan lag *The Wind in the Willows* en herontdekte hoe nors en eenzelvig dassen kunnen zijn, een dier dat '*simply hates society*'. 's Avonds begon de voet te kloppen.

10

Haar mobiele telefoon had ze weken geleden simpelweg in haar hut laten liggen toen de boot 's ochtends keurig op tijd in Hull aankwam. Het enige wat ze kon verzinnen was naar de *Tourist Information* in Caernarfon te rijden en daar te vragen naar een huisarts. Het autorijden ging moeizaam, haar voet was gezwollen, een schoen kon er niet omheen, het aantrekken van een broek was onmogelijk gebleken en daarom droeg ze een rok. Het koppelingspedaal voelde keihard aan wanneer ze hem op liet komen.

Hard en ruw. Sluiers dunne regen trokken aan haar voorruit voorbij. Ze dacht aan de kachel in de woonkamer, vroeg zich af of ze die niet had moeten doven. En ze was bang dat er in Caernarfon geen huisarts meer zou zijn, dat er op zijn ruit ook *FOR SALE* zou staan. Dan zouden behulpzame toeristendames haar doorsturen naar Bangor.

'Vakantie?' vroeg de huisarts.

'Nee, ik woon hier,' zei ze.

'Duits?'

'Nederlands.'

'Wat is er met je aan de hand?' De huisarts was een dunne man met geel haar. Hij zat gewoon te roken in zijn spreekkamer.

'Mag ik ook roken?' vroeg ze.

'Natuurlijk. We moeten ergens aan dood.'

Terwijl ze een sigaret opstak, dacht ze aan de ontoereikendheid van de Engelse persoonlijke voornaamwoorden. In het *you* van deze man hoorde ze 'jij', terwijl de vrouw achter de balie van de *Tourist Information* door de manier waarop ze sprak met haar *you* eerder 'u' tegen haar had gezegd. Je moest zelf maar aanvoelen hoe je aangesproken werd. Ze inhaleerde diep om het opdoemende beeld van de eerstejaars weg te zuigen.

'Het is je voet?'

'Ja. Hoe weet u dat?'

'Ik zag je binnenkomen. Dat kan makkelijker. En de meeste mensen die door de deur komen, dragen twee schoenen.'

'Ik ben gebeten door een das.'

'Dat kan niet.' De huisarts drukte zijn sigaret uit.

'Toch is het zo.'

'Je liegt.'

Ze keek de man aan. Hij meende wat hij zei.

'Dassen zijn schuchtere dieren.' Hij gebruikte het woord *meek*.

'Bent u gelovig?' vroeg ze.

Hij wees naar een kruis aan de wand, naast een scheefhangende poster waarop gewaarschuwd werd voor hiv-besmetting: een onduidelijke vorm die ze niet thuis kon brengen en de woorden *Exit only*. 'En ja, ooit zullen hier alleen nog dassen rondlopen, in dit stadje trekken de mensen uit zichzelf al weg. Dassen en vossen. Of ze gaan gewoon dood, dat kan natuurlijk ook. Kun je mij vertellen hoe het mogelijk is dat je gebeten bent door zo'n schuchter dier?'

Te weinig persoonlijke voornaamwoorden en een teveel aan omtrekkende werkwoordsbewegingen, dacht ze. 'Ik sliep.'

'Is het dier je huis binnen gedrongen? Woon je hier in de stad?'

'Ik woon een stuk verderop. Ik lag buiten, op een grote steen.'

'Beet de das door je schoen heen?'

'Heeft u tijd voor zulke prietpraat? Ik heb liever dat u naar mijn voet kijkt.'

'Het is rustig vanochtend. Je klinkt een beetje hees. Problemen met je keel?'

Hees? Klonk ze hees? 'Misschien heb ik koorts.'

'Ben je ook moe?'

'Doodmoe. Maar dat...'

'Had je geen schoenen aan?'

'Ja. Ik bedoel, geen schoenen.'

De huisarts keek haar aan, liet het er verder bij zitten. 'Laat maar eens zien.' Hij gebaarde naar een behandeltafel.

Hinkend stak ze over naar de tafel en ging er, omdat die nogal hoog was, met moeite op zitten. Ze trok de dikke sok van de gekwetste voet.

'Ai,' zei de huisarts.

'Ja,' zei ze. 'Het doet verrekte zeer.'

Hij pakte haar linkervoet en kneep er voorzichtig in. Daarna liet hij een hand langs haar scheen omhoog glijden. 'Hier zitten ook schrammen,' zei hij.

Ze verzette zich tegen de warme vlekken die ze voelde opkomen in haar hals, maar wist dat zoiets zinloos was. 'Ja,' zei ze simpelweg.

'De das?'

'Ja.'

Hij wreef over haar knie. 'Niet alleen geen schoenen aan.'

'De zon heeft zelfs in november nog veel kracht,' zei ze.

'We hebben hier een wonderbaarlijk klimaat.'

Ze zuchtte.

'Verder nog klachten?'

Voor ze antwoord gaf, keek ze onderzoekend de spreekkamer nog eens rond. 'Nee,' zei ze toen.

'Zeker weten?'

'Waarom vraagt u dat?'

'Hier komen de mensen niet voor een houtsplinter in hun oog. Die grijpen ze aan om tussen neus en lippen door hun zeurende pijntjes ter sprake te brengen.'

Ze bleef strak naar het kruis kijken. Het hing net als de poster een beetje scheef. De huisarts haalde eindelijk zijn hand van haar knie.

'Als je zeker weet dat het een das was, zal ik je een tetanusinjectie moeten geven.'

'Het was een das.'

'Ik doe verder niets aan de wond. Twee of drie keer per dag heet water met ouderwetse soda. En ik schrijf een antibioticum voor.' *Good old washing-soda.*

De injectie deed gemeen zeer. Onmiddellijk nadat hij het flesje en de injectienaald had weggegooid, stak hij een nieuwe sigaret op. Met de sigaret in een mondhoek en een tranend oog schreef hij een recept uit. 'Weet je waar de apotheek zit?'

'Nee,' zei ze.

'Zes huizen verder.' Hij keek op zijn horloge. 'Hij is nu open.'

Ze stond op en pakte het briefje aan. 'Dank u.'

'Als het na een dag of vier niet beter gaat met de wond, terugkomen.'

'Goed.'

'En uitkijken voor dassen.'

'Ja.'

'Dassen en vossen. Vossen kunnen ook gemeen bijten.'

'Die hebben het druk genoeg met mijn ganzen,' zei ze.

De huisarts begon te hoesten.

Mijn ganzen, dacht ze, onderweg naar de apotheek. Nu zijn het al mijn ganzen. Hinken was te zwaar, de sok kon ze thuis voor de kachel hangen en als er een gat in kwam, weggooien. Een jong stelletje liep haar tegemoet, luid pratend en lachend, de armen om elkaars middel. Toen ze haar passeerden keek het meisje haar aan zoals alleen meisjes kunnen kijken die denken dat de wereld van hen is, enkel en alleen door het geluk dat zij op dat moment voelen, een blik die dwingend vraagt om meelachen en meevoelen. Bijna aanstootgevend, het onbesmette geluk dat binnen de kortste keren zou omslaan. Deel in mijn vreugde! straalde het meisje uit. Ze keek het kind onverschillig aan, negeerde de jongen. En dat er meiden rondliepen die half zo oud waren als zij was ook nogal onverdraaglijk. Even later duwde ze meer dan geërgerd de apothekersdeur open. Er stond geen rij voor de toonbank.

Naast het voorgeschreven antibioticum kocht ze ook een uitgebreide verbanddoos, vijf doosjes paracetamol, handcrème, een tube tandpasta en een paar rolletjes hoestpastilles. 'Vakantie?' vroeg de apothekersvrouw.

'Nee,' zei ze.

'Duits?'

'Nee.'

'Zere voet?'

'Ja.'

De apothekersvrouw handelde de verkoop verder zwijgend af.

Het bleef regenen, met een matig gangetje reed ze terug naar het huis.

II

Die avond kon ze haar arm nauwelijks bewegen en de voet klopte nog steeds. Ze kookte aardappelen en bakte ze vervolgens op, met een paar uien en vijf tenen knoflook er doorheen. Twee glazen wijn bij het eten. Ze had meer willen drinken, maar herinnerde zich eens gehoord te hebben dat drank en een antibioticum slecht samengaan. De huisarts had haar dat niet verteld. Niet verwonderlijk, die zat zichzelf dood te roken in zijn spreekkamertje met een kruis aan de wand. Na het eten beklom ze de trap als een oud wijf, trekkend met een been en een krachteloze hand op de leuning. Ze ging in de werkkamer op de divan liggen, daar kwam nog iets van licht door de beide ramen heen. Bloemen, dacht ze. Deze kamer moet bloemen. Een telefoon zou ook handig zijn. Ze was door een das in haar voet gebeten, ze had ook beide benen kunnen breken. De huisarts had niets gezegd over een stijve arm. Een radio. Het was er zo stil dat ze de afzonderlijke regensluiers langs het raam hoorde trekken en in de tussentijd de bamboe tegen de olietank en de zijkant van het huis hoorde schuren.

Ze rookte een sigaret.

Ze lag. De *heartless bitch.*

Het was 18 november.

12

De man was langs alle mededelingenborden op de afdeling Engelse Taal- en Letterkunde gelopen. In een dode hoek, op de muur tussen twee docentenkamers, had hij nog een briefje aangetroffen, half verscholen achter een lijst met tentamenuitslagen. Het was precies hetzelfde stukje papier als dat wat hij in zijn hand hield. *Our 'respected' Lecturer Translation Studies screws around. She is in no way like her beloved Emily Dickinson: she is a heartless Bitch.* Hij besefte dat dezelfde tekst op veel borden gehangen had. Hij liep naar haar kamer, het was heel rustig in de lange, smalle gangen van het universiteitsgebouw. Op de deur zat onder de naam van een collega van wie hij wel gehoord had en die van zijn vrouw een nieuw plastic plaatje met de naam van een man, met als toevoeging: docent vertaalwetenschap. Hij twijfelde, kon zich niet voorstellen dat al haar spullen al weggehaald waren. Computer, boeken, aantekeningen, die zouden er toch nog wel staan. Voor zover hij wist was ze niet langer in dienst als docente, mogelijk zou ze in de docentenkamer wel aan haar proefschrift mogen blijven werken. Hij ging naar binnen, er was niemand. Een paar minuten later ging hij de gang weer op en begon te roepen. De brand werd geblust door twee mannen, die een slang afgerold hadden en bleef beperkt tot deze ene kamer. De brandweer, die tien minuten later aankwam, had weinig meer te doen. De man bleef rustig wachten tot de politie arriveerde.

Op de tafel in een verhoorkamer van de dichtstbijzijnde politiepost lag het briefje. Hij had al bekend de brandstichter te zijn, het briefje had hij halverwege het verhoor uit zijn achterzak gehaald. 'Ik ga hem de nek breken,' zei hij.

'Dat mag niet,' zei de opsteller van het proces-verbaal.

'Dan snijd ik zijn lul eraf.'

'Dat mag helemaal niet.' Hem werd gevraagd waar zijn vrouw zich op dat moment bevond.

'Dat weet ik niet. Ze is in elk geval vertrokken, in haar auto, en de kleine aanhangwagen staat ook niet langer in de garage.'

Of hij dan nu geen vervoer had?

'Jawel. We hadden twee auto's.'

Of hij geprobeerd had contact met haar op te nemen?

'Wat denk jij dan? Natuurlijk! Het nummer van haar mobiele telefoon is onafgebroken in gesprek.'

Of er dingen uit het huis waren verdwenen?

'Al haar kleren en een salontafeltje, een spuuglelijk ding eigenlijk, blij toe dat dat rotding weg is. Een matras, dekbedden. Lampen! En allerlei kleine dingen, boeken, nogal wat beddengoed, een portret van Emily Dickinson...'

'Wie?'

'Dat is een Amerikaanse dichteres. Daar schreef ze over, ze was bezig met een proefschrift. Rijkelijk laat, als je het mij vraagt, maar blijkbaar had ze nog het een en ander te bewijzen. Godverdomme.'

Of ze kinderen hadden?

Dat was het enige moment waarop de man zijn ogen had neergeslagen.

Hoe hun relatie was?

'Wat heb jij daarmee te maken? Waarom zit ik hier?'

De opsteller van het proces-verbaal herinnerde hem eraan dat hij brand had gesticht in een universiteitsgebouw.

'Nou dan! Doe gewoon je werk en bemoei je niet met mijn privéleven.'

De dienstdoende agent stelde ten slotte de vraag of hij de afwezigheid van zijn vrouw als een vermissing wilde beschouwen.

De man keek op. 'Nee,' had hij na een lange denkpauze gezegd. 'Nee, laten we dat nou maar niet doen.'

Of hij koffie wilde?

De man keek de agent aan. 'Ja,' zei hij. Terwijl hij van de

koffie dronk, en de agent daarbij geduldig en vriendelijk wachtte, zei hij: 'Eenpersoons.'

'Wat?' vroeg de agent.

'Ze heeft een eenpersoonsmatras meegenomen.'

13

Ze was voortdurend bedacht op een bezoeker. Die ganzen, die waren van iemand, de zwarte schapen langs de weg ook. Op een dag zou hier iemand komen. Een verdwaalde wandelaar. Het vulde haar dagen met onrust. Het kloppen in haar voet hield na een paar dagen op en ze zag de wond slinken; als hij opdroogde na de sodabehandeling, streek ze met een duim minutenlang over de jeukende tandafdrukken, terwijl ze vlak na de beet nauwelijks naar de wond had durven kijken. Behalve dat alcohol en antibiotica slecht samengaan, meende ze ook te weten dat een kuur afgemaakt moet worden, dus ze slikte door. Ze had nu meer last van een nog steeds harde bovenarm dan van de voet. Het bleef regenen, een milde regen was het, als ze naar buiten ging, trok ze niet eens een jas aan. Op een zondag hoorde ze vanuit een richting die ze onmogelijk kon bepalen een aantal keer gefluit vol valse lucht. Ze pakte de kaart en ontdekte dat niet ver weg een spoorlijn liep, de Welsh Highland Railway. Bij Caernarfon stond een ouderwets treintje afgebeeld. Blijkbaar een spoor waar in de weekenden een stoomtrein overheen reed.

14

Haar oom was, een paar dagen nadat zijn collega's hem uit de vijver hadden gehaald, een kast gaan timmeren. Eigenlijk meer een wandmeubel. 'Zie je,' had haar moeder tegen haar vader – wiens broer hij was – gezegd. 'Zie je: zo doe je dat. Dingen doen. Gewoon dingen doen.' Hij was er weken mee bezig geweest, vrije weken, de hotelleiding had hem gezegd pas terug te komen als hij 'wat opgeknapt' was. Zagen, boren, schroeven, schuren, schilderen; op een stoel zitten en kijken naar waarmee hij bezig was. Toen hij klaar was, kreeg hij een kleine inzinking. 'Hij was in staat de hele boel weer af te breken,' had haar moeder gezegd. 'Maar hij deed het niet.'

15

De snoeischaar en de boomzaag had ze in een opwelling gekocht omdat ze iets wilde doen aan de klimstruik die tegen de voorkant van het huis geplakt zat. Het wegknippen van de klimop was plezierig werk geweest. Ze ging voor de grote ruit in de voordeur staan en keek naar het grasveld dat als een rechthoek ingeklemd lag tussen de beek en het stenen muurtje waarachter soms de lichtbruine koeien samengroepten. Langs de beek stonden wat uit hun krachten gegroeide struiken en een paar bomen met een rare vorm. Het gras ging vlak voor het huis rommelig over in een breed grindpad. Nee, het was geen grind, zag ze toen ze naar buiten stapte en voor het eerst door de knieën ging. Het waren brokjes leisteen, en ze begreep dat de grijze bult achter het huis helemaal geen grijze bult was, maar een voorraad leisteengruis. Ze wreef over haar linker bovenarm en ging het huis binnen om haar oudste broek aan te doen. In de badkamer drukte ze twee paracetamol uit de strip en nam die in met een slok water.

In de varkensstal vond ze een roestige spade en een nog roestiger riek. Die zette ze tegen het muurtje, de snoeischaar legde ze er bovenop. De regensluiers gingen over in mist, het was of een wolk op de grond ging liggen. Ze zuchtte. Op een aantal punten vanaf de voorgevel liep ze vijf passen en legde op die plekken een blok hout neer. Op het ene punt lag een houtblok op het leisteengruis, op andere punten kwamen de blokken op het gras terecht. Nadat ze de spade in de grond had gezet en hem met haar goede voet verder de aarde in probeerde te drukken, gaf ze het meteen op. Zo ging dat niet, hier waren klompen nodig. Klompen, en een kruiwagen, kleine paaltjes en draad. Ze zette de spade terug tegen het stenen muurtje. Het rook sterk naar koeienstront. Ik moet goed kijken en nadenken, dacht ze. Veel meer is het niet. Als ik zou willen, écht willen, zou ik zelfs een wandmeubel in elkaar kunnen zetten. Zulk handwerk is stap-voor-stap-werk. Voor nu zat de klus erop. Ze pakte de snoeischaar en liep naar de zijkant van het huis, waar de bamboe op sommige plaatsen bijna tot aan de nok stond. Ze knipte de staken ter hoogte van haar schouders af en toen ze na een half uur snoeien de berg bamboe zag liggen, begreep ze dat ze 'paaltjes' van de lijst kon schrappen. Er was een klein raam vrijgekomen dat haar binnen, in de keuken, niet was opgevallen. Ze had vanaf het moment dat ze naar buiten ging geen enkele sigaret gerookt. Nu zou ze haar rechterhand nauwelijks naar haar mond kunnen brengen.

Later die dag steeg de wolk op en brak de zon door. Ze liep in een traag tempo naar de steencirkel, de snoeischaar in haar hand. Onderweg knipte ze takken af die hinderlijk in de weg hingen, verwijderde klimop uit de ijzeren kissing gates. Ze zag dat het pad steeds meer een echt pad werd. Bij de stenen aangekomen, liep ze, voor ze op de grootste kei ging zitten, precies in het verlengde van het pad nog een stukje verder, tot ze bij een stile kwam. Het was hier nat, echt nat, moerassig. Dikke pollen ruw gras staken tussen kleine poelen de kop op. Dwars door het moeras liep het pad verder, een soort natuurlijk dijkje was het, zo her en der met stenen. Morgen, dacht ze. Op de kaart had ze een groter water gezien, rechthoekig, alsof het aangelegd was.

Ze zat doodstil, wachtte af, haar armen rond de opgetrokken knieën. Er kwam geen das. Boven de gaspeldoorns waaiden gele vlinders. Twee vlinders, dacht ze. *Two butterflies went out at noon, / And waltzed above a stream.* Een enorm heimwee overviel haar, een lichtere vorm had ze eerder al gevoeld, telkens in de gangpaden van de enorme Tesco in Caernarfon, het sterkst in de buurt van de koelwanden. Daartegen had ze zich verzet, nu, in de zon, met de vlinders en de gaspeldoorns, was de straat in De Pijp – zwart-wit, de bomen half zo groot als nu, auto's met ronde vormen, kinderen in gebreide vestjes en leren lappen op de knieën, hoge stoepen, de scherpzoete geur van Sint Maartensnoep – niet langer te onderdrukken. Sint Maarten! Nog maar een dag of tien geleden. Ze liet haar knieën los en strekte haar benen. Sloeg haar armen rond haar buik en boog voorover.

Kort daarna schuifelde de das onder zijn gaspeldoorn vandaan.

16

Toen ze met een armvol gras met pluimen terugkeerde van de steencirkel hing er een velletje papier op de deur. *Been around, found nobody home. I'll be back, maybe tomorrow. Rhys Jones.* Het briefje was vastgeplakt met een stuk kauwgom.

Ze draaide zich om en keek naar de toekomstige tuin. Ik kan dit niet, dacht ze. Ik weet niet eens hoe die struiken heten. Ik weet niet wie Rhys Jones is. Hoe kan ik de zeven ganzen beschermen tegen een vos? Als het al een vos is? Ze liet de snoeischaar en de bos gras vallen. De zon stond al laag. *Presentiment is that long shadow on the lawn, / Indicative that suns go down; / The notice to the startled grass / That darkness is about to pass.* Dickinson had gezien wat zij nu zag. Het heimwee was weggezakt. Ze liep de woonkamer binnen, ging dicht bij de houtkachel zitten, schudde kussens op en schonk een glas rode wijn in. De sigaret die ze opstak, smaakte als een eerste sigaret. Heel langzaam werd het donker, het was of het licht door het raam heen naar buiten gezogen werd, als heel fijn stof, ze werd er een beetje duizelig van. Ze stak een paar kaarsen aan, stopte drie houtblokken in de kachel. Ze had alles achtergelaten, alleen de gedichten meegenomen. Daar moest ze het mee doen. Ze vergat te eten.

17

De volgende ochtend struikelde ze over de bos gras. Scheldend zette ze hem in een grote, glazen vaas die ze in een keukenkastje vond. De snoeischaar liet ze liggen. Daarna reed ze met het aanhangwagentje achter de auto in het wilde weg een kant op. Dit was het Verenigd Koninkrijk, hier zou ze toch zeker na verloop van tijd een tuincentrum tegenkomen. Een uur of wat later vond ze zichzelf terug in een dorp dat Waunfawr heette. Er was geen tuincentrum, wel een bakker. Ze kocht brood en koek en taart. Ze had geen flauw idee waar ze was, al kwam de berg die ze voor ze de winkel binnenging in de verte had zien liggen haar bekend voor. Voor de zekerheid noemde ze de naam van haar huis.

'Weet je niet waar je bent?' vroeg de bakker.

'Nee,' antwoordde ze.

De bakker zei niets, schudde een beetje met zijn hoofd.

'Ik heb een slecht richtingsgevoel.'

De bakker keek naar buiten, naar haar auto die pal voor de winkelruit stond. 'Auto starten, rechtuit rijden, gewoon de weg volgen, over anderhalve kilometer linksaf en dan nog eens linksaf.'

'Zo dichtbij?'

'Zo dichtbij. En vanaf nu hier brood kopen.'

'Pardon?'

'Vanaf nu hier brood kopen. Nu je weet waar dit is.'

'Natuurlijk.'

'We zijn ook op zondagochtend open.' Hij draaide zijn hoofd naar een openstaande deur. 'Awen!'

De bakkersvrouw stak haar hoofd om de hoek.

'Een nieuwe klant. Ze woont in het huis van de weduwe Evans.'

'Dat is fijn,' zei de bakkersvrouw. '*Hello, love.*' Ze verdween weer.

'Bedankt.' Ze liep naar de winkeldeur. 'Weet u misschien ook een tuincentrum hier in de buurt?'

'Bangor. Je weet waar dat ligt?'

'Ja.'

'Goed.'

'Tot ziens.'

'Als je brood op is.'

'Ja.'

'Duits?'

'Nee, hoor.' Ze liep de bakkerswinkel uit en legde de aankopen op de achterbank van de auto. Ze keek om zich heen. Een paar huizen, heuvels, een kruispunt. Zelfs Mount Snowdon gaf haar geen richting aan. 'Moet ik godverdomme eerst naar huis,' zei ze tegen de berg. De bakker had zich breeduit achter de ruit opgesteld. Hij stond doodstil, met één arm uitgestoken als een richtingaanwijzer. Het enige wat bewoog aan de man was zijn hand, die, met priemende wijsvinger, als een opwindmechanisme schokkerig heen en weer ging. Ze knikte, trok haar kraag iets omhoog om de warme vlekken in haar hals te verdoezelen en stapte snel in de auto.

Ze draaide het oprijpad in en onmiddellijk viel haar het lege veld op. Pas nadat ze de scherpe bocht voorbij was, zag ze de zwarte schapen lopen, een stuk dichter bij het huis. De zeven ganzen stonden op een kluitje te snateren. Ze remde af en stapte uit. Zes. Ze telde nog eens, hoewel de beesten vlak bij het hek stonden, en kwam weer niet verder dan zes ganzen. Als dit zo doorgaat, dacht ze, is er tegen de kerst geen enkele meer over.

Het velletje papier was van de voordeur gehaald. Een nieuw bericht was er voor in de plaats gekomen. *Called again. I moved my sheep. I'll try again. Tomorrow morning at nine. Rhys Jones.* Goed, dacht ze dapper. Een schapenboer en een tijdstip. Ik heb taart.

Ze raapte de snoeischaar van de grond en liep de keuken in. Daar lag de kaart op tafel, die werd niet meer in elkaar gevouwen. Ze zocht Waunfawr op. Ongelofelijk, hoe dichtbij als dat lag. Zo bleef ze even staan, de rug gebogen, beide handen steunend op de kaart. De groene stippellijnen die de voetpaden aangaven leken na een tijdje allemaal samen te komen op haar oprijpad, op haar erf. Die berg, dacht ze, ik moet steeds Mount Snowdon in de gaten houden, dan zal ik leren waar ik ben.

18

Ze haalde in de middag niet alleen een kruiwagen, touw en klompen. Ook een rol kippengaas, een hamer en spijkers laadde ze op haar platte kar. In Dickson's Garden Centre waren geen studenten. Oudere vrouwen liepen er en gepensioneerde mannen met blije kleinkinderen, volgekrabbelde briefjes in hun hand, ze lieten niets aan het toeval over. Zachte klassieke muziek leidde de klanten door de gangpaden heen, fonteinen en waterbollen klaterden al even kalmerend. Ze bleef er langer dan nodig was, bestelde een kop koffie in de *coffee corner*, keek nog eens bij de rozen en kocht drie bloeiende plantjes voor binnen, van het soort dat dertig jaar geleden bij haar grootouders in de vensterbank stond. Ook nam ze een betere snoeischaar, die uit de ijzerwarenwinkel begon nu al slecht te knippen. Een slungelige jongen met rode krullen hielp haar de kruiwagen op het aanhangwagentje te zetten. Toen ze in de auto wilde stappen, gaf hij haar een hand. '*Thank you,*' moest ze zeggen. 'Heel vriendelijk van je.' De jongen zei niets, glimlachte breed en sloeg het portier dicht. In de buitenspiegel zag ze dat hij de auto aandachtig stond na te kijken.

Ze liet de nieuwe tuin die namiddag voor wat hij was. Met de kruiwagen vervoerde ze het kippengaas naar de drie vijvertjes. De zes ganzen stonden haar op te wachten, toen ze door een hek het veld op liep, renden ze weg. Alsof ze iets van me verwachten, dacht ze. Maar wat? Ze duwde met een voet – de gekwetste voet, om uit te testen hoe het voelde – zo her en der tegen het in elkaar gezakte huisje. Nadat ze een paar planken had weggetrokken stond het dak, dat bedekt was met teerachtige lappen, als een driehoek op de grond. Meer dan genoeg ruimte voor de ganzen. Ze rolde het kippengaas uit en begreep dat ze iets nodig had om het stuk te knippen. Net als eerder vond ze in de oude varkensstal handig gereedschap; met een grote nijptang, een zaag en een rolletje dun ijzerdraad liep ze terug over het oprijpad. Eerst maakte ze de achterkant van het driehoekhok dicht, het gaas spijkerde ze vast met planken die nog niet vermolmd waren. Goed kijken en nadenken, dacht ze. Als ik dat doe, zou ik zelfs een wandmeubel in elkaar kunnen zetten. De ganzen keken zachtjes klokkend toe, de zwarte schapen waren komen aanlopen en de meeste stonden op een rij achter de afscheiding. Ze haalde het pakje sigaretten uit haar jaszak en stak er een op. Een grote vogel, bruinrood, zeilde neer in het moerassige bosje en ging op een tak van een eik zitten, met zijn kop haar kant uit. '*Is it you?*' riep ze, alsof een vogel haar als ze Nederlands sprak niet kon verstaan. De vogel staarde haar onbewogen aan. Ze wierp de half opgerookte sigaret in een van de vijvertjes.

De voorkant pakte ze anders aan. De punt van de driehoek timmerde ze dicht met planken die ze eerst op maat zaagde. Ze liet brede kieren tussen de planken open, er was niet genoeg stevig hout. Het kippengaas was één meter twintig hoog. Nog eens liep ze terug naar het varkenshok, waar ze op zoek ging naar krammen. Ook die vond ze. Aan één kant spijkerde ze het gaas, dat, om het horizontaal op de grond te houden, in een driehoek op het dak kwam te liggen, vast met de krammen. Daarna wist ze het niet meer. Ze deed een paar passen achteruit en keek naar het hok. Ze keek en dacht diep na. Ze wilde het opgeven, alles in haar lichaam zei: hou er mee op, laat het liggen. Ga naar binnen, drink wat, rook een sigaret, laat je lijf in het warme water van het bad zakken. Er waren nog twee goeie planken. De kortste verticaal en de langste op de grond, dacht ze, en dan maar zien hoe ik het laatste stuk gaas, dat een soort deur moet zijn, dicht krijg en hou. Stug doorzetten maar. Ze spijkerde de twee planken in een haakse hoek aan elkaar, met schuin een extra stuk hout voor de stevigheid, en plaatste de constructie tegen de voorkant van het hok. Ze kroop het hok in om met krammen het gaas aan het hout vast te tikken. Het was erg lastig om het aan de plank die op de grond stond vast te krijgen, omdat die nergens door tegengehouden werd. 'Godverdomme,' zei ze. Er moest iets achter de plank gelegd worden. Ze kroop uit het hok en keek om zich heen. Langs de vijvertjes lagen grote keien. Veel te zwaar. De kruiwagen, op z'n kop. Ze duwde hem stevig tegen de plank aan en probeerde het nog eens. De kruiwagen begon te schuiven, door zo voorzichtig mogelijk te hameren, kreeg ze de krammen toch in de plank. Haar arm deed zeer, ze voelde haar voet. Vloekend kwam ze uit het hok vandaan, vroeg zich af waar ze in godsnaam mee bezig was. Ze trok de kruiwagen aan de kant, zette hem overeind en keek nog eens goed naar het hok. Het zag er redelijk stevig uit, stevig genoeg, dacht ze, om een vos buiten te houden. Een grote vogel zou er helemaal niet in kunnen komen. Nu nog zien hoe ze het laatste stuk gaas, dat als afsluiting moest dienen, dicht kreeg zonder het permanent vast te spijkeren. Er waren nog een stuk of tien grote spijkers over. Met tussenruimtes van een centimeter of twintig sloeg ze er zes in het dak, precies tegenover de driehoek gaas die aan de andere kant van het dak vastgespijkerd was. Ze knipte stukjes ijzerdraad af en peuterde die in het gaas, ook met tussenruimtes van twintig centimeter. Ze controleerde of de ijzerdraadjes redelijk ter hoogte van de zes spijkers uitkwamen en knipte pas daarna het laatste stuk overbodig gaas af. 'Godverdomme!' zei ze nog eens. Ze stonk naar ganzenstront en haar handen bloedden.

De vogels lieten zich niet in het hok drijven. Ze renden in colonne de verkeerde kant op of stoven juist uit elkaar, alsof ze begrepen dat een keuze tussen zes afzonderlijke ganzen moeilijk zou zijn. De schapen op het veld ernaast bleven onaangedaan staan, de meeste graasden rustig door, een enkele keek kort op. Hijgend graaide ze een paar kleine keien bij elkaar en smeet die naar de ganzen. 'Vuile, ondankbare, dwarse stinkbeesten!' riep ze. 'Ik probeer jullie godverdomme te redden!' Nog één keer wilde ze het proberen, heel rustig. De ganzen stonden bij het grootste vijvertje, vlak bij het hok. Ze stak een sigaret op en ging in het gras zitten. De vogels klokten wat, twee schepten water. Niet te snel, dacht ze, eerst laat ik ze aan me wennen, zonder dat ik iets doe. Ze stond op en spreidde haar armen, de sigaret tussen haar lippen. De ganzen dromden zonder haast weg van de vijver en liepen langs het hok. Ze bleef staan. De vogels bleven ook staan, op een meter of vijf van het omgebogen stuk gaas. 'Naar binnen,' zei ze zacht. 'Toe maar. Daar is het veilig.' Ze hoorde zichzelf Engels praten en dacht: ik moet een omtrekkende beweging maken. Heel rustig. Zo stil mogelijk sloop ze achter de ganzen langs en het leek te gaan lukken; de vogels stonden met hun dikke lijven tegen elkaar aan, alleen de halzen en koppen draaiden. Nu liep ze, nog steeds met gespreide armen, naar het hok toe. Ja, dacht ze. Ja. Rook kringelde in haar ogen, schrijntranen liepen over haar wangen.

Op dat moment scheerde iets over haar hoofd, zo dichtbij dat ze haar haren voelde opwaaien. Een halve tel daarna klapte de roodbruine vogel met zijn vleugels en even later gleed hij over het huis heen het bos in. De ganzen stonden tegen die tijd al in de uiterste hoek van het veld, een enkel wit veertje daalde neer op de grond. Ze zakte op haar knieën en liet zich zijwaarts in het natte gras vallen. 'Waarom doe ik dit,' zei ze zacht. Ze spuwde de bijna opgerookte sigaret uit. 'Ik kan dit toch helemaal niet.'

Een paar uur later lag ze in het leeuwenpotenbad. Ze bekeek haar vingers. Trok haar linkerbeen op en peuterde de korst van haar wreef. Het water aan het voeteneinde van het bad kleurde even later lichtrood. 'Ik kan het wél,' zei ze. Ze stapte uit het bad, droogde zich af. De kleine spiegel boven de wastafel was beslagen, ze zag haar bovenlichaam en hoofd als een rozige homp. Gedachteloos nam ze een paar paracetamol in. Vochtige kleren hingen over het hek langs het trapgat, de handdoek kwam er naast te hangen. In de werkkamer brandde de open haard, de bureaulamp op de eikenhouten tafel was aan. Ze ging voor het vuur staan, de huid van haar bovenbenen en buik voelde strak. Ze streek over haar borsten en keek Emily Dickinson recht in de zwarte ogen. 'Jij hebt het makkelijk,' zei ze. 'Jij bent dood.'

19

Pas een paar dagen nadat ze haar mobiele telefoon op de boot had laten liggen, besefte ze dat ze die altijd gebruikte als horloge. Haar agenda had ze meegenomen, als ze echt wilde, kon ze nagaan welke dag het was. Geen klok – er hing er een in de keuken, die stond waarschijnlijk al heel lang stil – was niet erg. Ze at wanneer ze honger had, ging naar bed op het moment dat ze dacht dat ze het aankon, en niet zonder een paracetamol in te nemen. Geen wekker.

Toen ze de volgende ochtend de trap af ging, kon ze zo naar buiten lopen. De voordeur stond open. Het was al licht, het gras lag vochtig aan haar blote voeten. *These are the days when skies put on / The old, old sophistries of June, – / A blue and gold mistake.* Ze begreep niet goed waar de versregels vandaan kwamen. November, en toch zo mild. Bedrieglijk mild misschien, blauw en goud, maar een vergissing. Op het stoepje stonden twee laarzen. Ze draaide zich om en deed de deur niet dicht. De man zat aan de keukentafel alsof hij hier elke ochtend op de koffie kwam. Hij had de kaart dichtgevouwen en trommelde bedaard met zijn vingers op het hout.

'Goedemorgen,' zei hij.

'Hoe laat is het?' vroeg ze.

De man wees met zijn duim over zijn schouder.

Ze keek naar de klok, die op dertien minuten over negen stond. Ze kon zich niet herinneren op welke tijd het ding al weken stilgestaan had.

'Zit u hier al een kwartier?'

'Ja.'

Ze droeg een slaaphemd dat tot net boven haar knieën kwam, verder niets. Nu nog teruggaan naar boven was te laat. Of toch niet?

De man stond op en stak zijn hand uit. 'Rhys Jones.'

Als hij niet was opgestaan, had ze zich nog kunnen verontschuldigen. Ze schoof de hals van het T-shirt iets omhoog en stak hem haar andere hand toe. 'Goedemorgen,' zei ze en noemde niet haar naam. Ze trok een van de kleppen op het grote kooktoestel omhoog en vulde de koffiepot met water en koffie. Ze hoorde dat de boer weer ging zitten, de keukenstoel kraakte.

'Onverwoestbaar,' zei hij.

Ze keek uit het raam. 'Melk?' vroeg ze, zonder zich om te draaien.

'Graag. Melk én suiker.'

Ze trok de tweede klep open, pakte een plastic fles met melk uit de koelkast en schonk de melk in een pannetje. Uit de bestekbak, die op het aanrecht stond, haalde ze de klopper. Ze zag dat haar hand trilde. 'Ik ben even naar boven,' zei ze, zonder van haar plaats te komen.

De man reageerde niet.

'Ik ga iets aantrekken, ik heb me verslapen.'

'Van mij hoeft dat niet,' zei Rhys Jones.

Ze draaide zich om. 'Zat de deur niet op slot?'

Hij stak een hand in de achterzak van zijn broek en haalde er een sleutel uit, die hij op de kaart legde. 'Ik heb een sleutel.'

'Die u nu hier gaat laten?'

'Als je dat liever hebt.'

'Ja, dat heb ik liever.' Ze draaide zich weer om en roerde met de garde in de melk. Ze voelde haar kont wiegen tegen de dunne stof van het slaaphemd. 'Er is taart. Wilt u een stuk taart bij de koffie?'

'Lekker.'

De koffiepot begon te sputteren. 'Heeft u de gebruiksaanwijzing geschreven?'

'Ja.'

'Dat heeft u dan goed gedaan. Ik kan met de Aga overweg.'

'De olietank is afgevuld, die gaat maanden mee.' Hij verschoof de kaart een stukje. 'De weduwe Evans vond het een plezierig idee dat ik de sleutel had.'

Ze schonk koffie in en goot in één beker melk. Daarna haalde ze de taart uit de koelkast, sneed twee punten af en legde ze op bordjes. Ze schoof hem de beker koffie en de taart toe en drukte, voor ze ging zitten, zo onopvallend mogelijk de onderkant van het slaaphemd tegen haar bovenbenen.

Rhys Jones had een Welshe kop: vierkant, dik vettig haar, waterige ogen, ongeschoren. Ze meende een lichte schapengeur te ruiken, het kon ook bier van gisteravond zijn. De nagel van zijn rechterduim was gescheurd en blauw. Hij werkte het stuk taart in vijf happen weg.

'Ben je met de ganzen bezig geweest?' vroeg hij.

'Wat was de regeling die u had met de vrouw die hier woonde?'

'Voor wat de schapen betreft?'

'Ja.'

'Gratis weiden, één of twee keer per jaar maaien en hooien. En in het najaar een lam.'

'Een lam?'

'In stukken.'

'En dat lam, dat krijg ik dus ook?'

'Ja. Jij woont hier nu, mijn schapen lopen op het land dat jij huurt. De regeling blijft dezelfde.'

'En als ik geen lam lust?'

'Dan krijg je hem evengoed. Ik kan je geen varkens- of rundvlees leveren.' Hij keek haar aan. 'Zwartbles. Erg fijn vlees.'

'Pardon?'

'Het zijn zwartblesschapen, een Fries ras. Uit je eigen land.'

Ze keek naar het stuk taart en wist dat ze dat niet op ging eten. Nooit meer een afspraak met deze man om negen uur 's ochtends, dacht ze. 'Was die mevrouw Evans familie van u?'

'Nee.'

'Waarom wordt dit huis niet verkocht?'

'Ze had niemand. Ik heb een bevriende makelaar gevraagd het huis in de verhuur te doen.'

'Om er zeker van te zijn dat uw schapen hier mochten blijven lopen.'

'Onder andere.' Hij slorpte het restje koffie uit de beker. 'Onderwijl wordt gespeurd naar familieleden. Dat zou weleens lang kunnen duren.'

'Nog meer?' vroeg ze.

'Graag.' Hij ging iets onderuitgezakt op zijn stoel zitten en strekte zijn benen behaaglijk onder de tafel. 'Ik heb haar begrafenis geregeld.'

'Zijn die ganzen ook van u?'

'Nee. Die waren van de weduwe Evans.'

'En nu dus van mij?'

'Ja. Min of meer.'

Ze moest opstaan, om zijn beker te pakken, naar de aanrecht te lopen. Hij keek haar strak aan, het was of hij wist dat ze in een benarde situatie zat. 'Min of meer,' zei ze. 'Wat betekent dat?'

'Het zijn huurganzen. Ze zijn niet jouw eigendom. Het komt me voor dat je een huurgans met de kerst niet in de oven mag schuiven.'

Ze stond op terwijl ze op haar beurt hem strak aan bleef kijken, zodat hij niet in de verleiding zou komen zijn blik te laten zakken. Het werkte, pas toen hij haar zijn beker aanreikte, keek hij naar haar heupen. Ze zette het pannetje met melk nog even op de kookplaat en staarde maar weer eens naar buiten, waar het gras inmiddels droger leek. Hoe graag zou ze nu daar zijn, in de weer met de spade, draad spannen langs het pad, werken aan een figuurlijk wandmeubel. De drie bloeiende plantjes in de vensterbank moesten water hebben, zag ze. Ze was ontstellend moe en kreeg tijdens het opkloppen van de melk een doof gevoel in haar arm. Maar een dove arm was veel minder erg dan spreken met een man die hier blijkbaar gekomen was om zijn gezag over dit huis en het land te laten gelden.

'Ik telde er trouwens nog maar zes.'

'Wat?'

'Zes ganzen.'

'Hebt u mijn ganzen staan tellen?'

'Jazeker.'

Goddomme, dacht ze.

'De weduwe Evans verzorgde ze goed. Gaf ze brood.'

Ze vulde de beker met koffie en melk en rekende uit hoe lang het zou duren voor hij hem leeggedronken had. Het kon haar niets meer schelen hoe ze ging zitten, nadat ze hem de beker gegeven had, schortte ze zelfs het slaaphemd iets op. Hij begon onmiddellijk te drinken en schoof met zijn vrije hand de sleutel heen en weer over de harde omslag van de kaart. Ze duwde de taart van zich af. Zei niets meer.

'Het is dus een overgangssituatie. Het huis wordt bewoond. Jij tevreden, ik tevreden, makelaar tevreden. Maar die situatie kan ieder moment veranderen.' Hij boog voorover en trok het bordje naar zich toe. 'Mag ik?'

Ze gaf geen antwoord. Hij at desondanks haar stuk taart op. Ze gruwde ervan, die kapotte nagel steeds in de buurt van zijn kauwende mond. Zwijgend keek ze toe hoe hij de koffie wegslokte. Daarna ging ze staan. Ze wist niet wat ze zeggen kon, misschien begreep hij wel dat hij lang genoeg in haar keuken gezeten had. Ze gebaarde naar de doorgang tussen de keuken en de woonkamer.

'Ja, ik ga weer eens,' zei hij. Hij stond op en liep langzaam naar de woonkamer. 'Makkelijk,' zei hij. 'Dat die meubels hier nog staan.'

'Hoe komt het dat er in de slaapkamer geen bed staat?'

'Dat heb ik meegenomen.'

'En de klok?'

'Ze kon echt niet meer op een keukentrapje staan. Ik deed er om de zoveel tijd een nieuwe batterij in.'

Dat hij op zijn sokken liep, deed haar genoegen. Een man op sokken, en dan vooral sokken met gaten, kun je nauwelijks serieus nemen.

Bij de buitendeur draaide hij zich om en bekeek haar nog eens goed, van hoofd tot teen. 'Gewond?' vroeg hij.

'Gebeten door een das.'

'Dat kan niet.'

'Toch is het zo.'

'Een das is een schuchter dier.' Hij gebruikte het woord *shy*. Hij stapte over de drempel op het stoepje. 'Ik kom dus terug,' zei hij voor hij de deur achter zich dichttrok.

Hij wil niet dat ik hem zie bukken om zijn laarzen aan te trekken, dacht ze. En glimlachte. 'Vaarwel!' riep ze door de dichte deur heen, terwijl ze hem achter de ruit weg zag zakken. Ze sleepte zich de trap op en ging op de divan in de werkkamer liggen. Sloot haar ogen. Rhys Jones scheurde weg in zijn ongetwijfeld grote auto, zo'n wagen met een laadbak, waarin een aantal schapen passen. Of balen hooi, een tweepersoonsbed. Ze voelde geen enkele aanvechting door het raam te kijken. Twee uur later begon ze de dag opnieuw, en nu goed.

20

Het gras was helemaal opgedroogd, de zon scheen. Nauwelijks wind. Ze knipte bamboestaken tot bamboestokken en stak die in de grond op de plekken waar een houtblok lag. Tussen de stokken spande ze draad. De lichtbruine koeien stonden op een rij over de stenen muur te kijken. Het grasveld lag zeker een halve meter boven het veld waarin de koeien liepen, de muur was aan hun kant veel hoger. Ze snoven. Zonder ergens over na te denken stak ze met de roestige spade het gras langs de draad af en koppig verwijderde ze het gras dat aan de kant van het pad tussen het gruis groeide. De afgestoken plaggen vervoerde ze in de kruiwagen langs de beek naar de achterkant van het huis, ze vormden na een tijdje een hoop tussen een paar struiken. Daarna ging ze bovenop de leisteenbult zitten. Ze hijgde, keek om zich heen. Wat kon ze gebruiken als afgrenzing tussen gras en pad? De ganzen zagen haar zitten en kwamen snaterend naar de prikkeldraadafscheiding toe. Ze bekogelde de beesten met brokken leisteen, wat ze niet scheen te deren. Ze had niet genoeg kracht in haar arm om de afstand tussen de berg leisteen en de afscheiding te overbruggen.

In de varkensstal vond ze twee houten paaltjes, bij lange na niet genoeg voor de hele lengte van het pad. Ze liep nog eens het betonnen trapje naar de kelder af en ging op de onderste tree zitten. De vloer was betegeld met groenige plavuizen. Waarom was het hier zo schoon, zo aangeveegd? Het was of er water op de tegels hoorde te staan. Ze snoof, er hing niets aan geur dat haar op een idee bracht.

Het Zuiderbad in de herfst, de witte badhokjes, de snee

brood die ze at als ze buiten kwam, de kale struiken in de tuin van het Rijksmuseum, in een deken van mist, het gedruis van auto's op de Stadhouders- en Hobbemakade. Ze dacht aan haar ouders, in hun bovenwoning in De Pijp, zag haar moeder het zwembadbrood smeren, aardappels koken, de ruit in de smalle keuken nat van de stoom, alles felverlicht door de tl-balk. Ze zaten daar nog, nu met centrale verwarming, een strakke laminaatvloer, een nieuwe keuken en een tv die veel te groot was voor de kleine woonkamer. En een bericht van hun dochter. Ze had net zo vaak opgebeld tot er niemand thuis was en het antwoordapparaat – haar vader, die alleen zijn achternaam uitsprak – aan ging. 'Ik meld even dat ik weg ben. Jullie moeten je niet ongerust maken. Echt niet.' Dat *echt niet* zat haar nu dwars, het was nergens voor nodig geweest. Heimwee was soms plezierig, soms ook niet. Soms werd je er helemaal slap van, zo slap dat vijf betonnen treden er vijftig leken.

Elzentakken. De drie bomen langs de beek waren elzen. Dat wist ze omdat ze de balletjes aan de takken herkende. De bomen waren al lang niet geknot. Dat woord kende ze, knotten, al had ze nog nooit een boomzaag in welk hout dan ook gezet. Of was een dikke stam van klimop ook boomhout? Nadat ze een paar uur op de divan in de werkkamer had gelegen, bracht ze een keukenstoel naar buiten. De stoel waar Rhys Jones op had gezeten. Ze zette hem tegen een van de bomen aan en ging met haar modderige klompen op de zitting staan. Ze dacht: jammer dat ik dit vanmorgen vroeg niet gedaan heb, dan had hij naast gaten in zijn sokken ook een baggerkont gehad. De zaag deed zijn werk als ze trok, voelde ze, niet als ze duwde. Ook merkte ze dat ze goed moest nadenken over waar ze ging staan, om niet een dikke tak op haar hoofd te krijgen. Toen ze vijf takken had afgezaagd, vond ze het genoeg. Bovendien voelde ze dat er voor vandaag meer dan voldoende werk gedaan was. Ze knipte met de nieuwe snoeischaar de twijgen en dunne toppen af en sleepte de takken naar de rand van het gras. Door het afsteken was een geultje ontstaan langs het pad en in dat geultje legde ze de takken, op een rij. Ze ging op het stoepje zitten. Keurig was het, de takken waren dik genoeg om een echte afscheiding te vormen. Nu pas zag ze dat het gras een gazon was, dat iemand het niet heel lang geleden gemaaid moest hebben. De koeien waren verdwenen, toen ze opstond, ontdekte ze dat ze een heel stuk verderop liepen. Daar had ze niets van gemerkt, van het weglopen van de beesten. Een mooie manier om het voorbijgaan van de tijd aan af te meten: de zon die plotseling een heel stuk opgeschoven is, erg laag staat alweer, andere schaduwen, een groep koeien die geruisloos en bedaard van plaats veranderd is. Ze zag dit voor het eerst en dacht aan haar proefschrift.

21

Emily Dickinson. Ondanks haar aanzien (*probably the most loved and certainly the greatest of American poets* was de omschrijving op de achterflap van Habeggers biografie) stond er toch wel een groot aantal broddelverzen in het verzameld werk, vond ze, makkelijke rijmkwatrijnen. Ze bladerde, met aarde onder haar nagels, door de *Collected*

Poems. Het was avond, inktzwart buiten, op een enkel lichtje heel in de verte na. Ze dronk een glas wijn en rookte een sigaret. Beneden stond een pan op de aanrecht, met nog flink wat eten erin. De open haard brandde. Nooit door een bij gestoken, peinsde ze. Overal maar bijen, op een *gentle breeze* of in de *clover*. Ze dacht aan haar kamer op de universiteit, de koude computer met daarin alle Dickinson-aantekeningen en niet veel meer dan een opzet van het proefschrift, dat moest gaan over de in haar ogen tamelijk grote hoeveelheid mindere gedichten; over een mogelijk niet al te kritische heiligverklaring. De kamerplanten, de stalen dossierkasten, en door de ruit, die uitzag op een lange, smalle straat, sneeuw. Die onverteerbaar dikke biografie van Habegger, vol vraagtekens en onzinnige theorietjes (zó uitvoerig was het boek, dat zelfs een hoestbui van een achteroudoom van Dickinson in het voorjaar van 1937 als verklaring voor een bepaalde sensibiliteit in haar gedichten werd aangehaald), had het werk aan het proefschrift maanden stilgelegd.

Ze verfrommelde het papier waarop ze 'gordijnen' had geschreven (de ruit in de kleine slaapkamer was nog steeds onbedekt) en pakte het zachte potlood. Ze dacht zichzelf naar buiten, bij daglicht, staand met haar rug naar de voordeur. Schetste het gazon, de licht slingerende beek, het stenen muurtje in een L vanaf de beek om het gras heen, de varkensstal schuin naast het huis, het nieuwe strakke pad langs de voorgevel. De drie elzen en de drie struiken. Had ze maar kleurpotloden. Er kwam een nieuw pad, vanaf de voordeur dwars door het gras heen, doodlopend op het muurtje. Er kwamen bloemperken. Ze probeerde een rozenboog te tekenen, wat veel moeilijker bleek te zijn dan ze dacht. Het verpestte de schets en een gummetje had ze niet. Ook dit vel papier verfrommelde ze. Stak nog maar eens een nieuwe sigaret in haar mond en pakte de *Collected Poems* er weer bij, sloeg het boek bij de pagina met de inhoudsopgave open. Al een hele tijd ging deze bundel mee – er was in geschreven, de bladzijden waren bevlekt, de stofomslag had scheuren – nu zag ze voor het eerst hoe kort de afdeling LOVE was, en hoe lang de laatste afdeling TIME AND ETERNITY. Ze begon te huilen.

22

De man zat in de woonkamer die te klein was voor de nieuwe tv. Zijn schoonmoeder zat naast hem op de bank, zijn schoonvader op een stoel bij de tv. Vlagerige novemberregen sloeg tegen de ruiten, een straatlantaarn zwiepte heen en weer. De tv stond aan, dat was zo toen de man hier voor het eerst kwam, nogal wat jaren geleden, en alle andere keren dat hij hier 's avonds geweest was. Vaak ook overdag, zeker in de weekends. Het geluid was bij zijn binnenkomst een vijftal streepjes omlaag gebracht, maar nog steeds was het hinderlijk. Er werd gezongen en gejureerd, soms was er schreeuwerige reclame.

'Het is bijna december,' zei de schoonmoeder.

'Ja,' zei de man.

'Ik vind het nu echt niet leuk meer.'

'Wat kunnen we eraan doen?' vroeg hij.

'Het is allemaal jouw schuld.'

'Mijn schuld?'

De schoonmoeder keek de man aan op een manier die hem zei dat er verder geen uitleg zou volgen, en dat hij zelf heel goed zou moeten weten dat hij de boosdoener was.

'Ja,' zei de schoonvader, zonder de man aan te kijken. Hij deed voor het eerst zijn mond open.

'Wat ja?' vroeg de schoonmoeder.

'Gewoon,' zei de schoonvader.

Ze zuchtte. 'Hoe kunnen we zo de feestmaand in? Sinterklaas. Kerst.' Ze gebaarde zwakjes naar de vensterbank, waar al een driehoek kaarsjes brandde. De vlammen bewogen niet, de ramen waren goed geïsoleerd.

'Ik weet het ook niet,' zei de man.

'Gah!' zei de schoonvader.

'Wat?' vroeg de schoonmoeder.

'Die kan helemaal niet zingen!'

'Heeft ze dit wel vaker gedaan?' vroeg de man. 'Ik bedoel, vóór mijn tijd?'

'Nooit! Ze is nooit zomaar verdwenen. Ze wilde niet eens uit logeren, sliep nooit bij vriendinnetjes.'

'Wel bij mijn broer,' zei de schoonvader.

'Ja. Daar wilde ze altijd graag heen. Logeren bij haar oom, ze noemde tante niet eens. Die twee waren vier handen op één buik.'

'Hij heeft haar leren roken,' zei de schoonvader.

'Gah, ja. En hij had altijd opruiende praatjes. Rare dingen zei hij tegen haar, als ze thuiskwam, duurde het dagen voor ze weer een beetje de oude was.'

'Wat zei hij dan?' vroeg de man.

'Dat ze dingen alleen moest kunnen. Dat een mens er in het leven alleen voor staat. Dat je je niks van anderen aan moest trekken.'

'Dat is toch niet zo erg?'

'Nee, maar ze deed dat ook, dan liep ze weg. Tante helemaal overstuur, en oom maar grinniken. En zich van ons niets aantrekken als ze thuiskwam.'

'Dus ze liep wél eens weg.'

'Nee, een uurtje of zo, nooit lang. Hooguit twee uur. Toen we hoorden van dat roken, was het echt voorbij. We hebben haar verboden daar ooit nog te logeren.'

'Mijn broer is niet... Helemaal in orde,' zei de schoonvader.

'Zo kan je het omschrijven, ja,' zei de schoonmoeder. 'Je kan ook zeggen dat hij knettergek is.'

'Nou...'

'Ik ben altijd bang dat hij' – ze wees naar haar echtgenoot – 'dat hij ook die kant uit gaat. Gelukkig is zijn vrouw heel verstandig en sterk.'

'Borreltje?' vroeg de schoonvader.

'Graag,' zei de man.

'Ja, ga maar zitten drinken. Dat lost de zaken op.'

'Jij ook?' vroeg de schoonvader.

'Nee, natuurlijk niet! Drink ik ooit één druppel drank?'

'Je bent nooit te oud om te leren.' De schoonvader stond op en schonk bij het buffet twee glazen oude jenever in. Zijn eigen glas tjokvol, zodat hij er, zich bukkend, een flinke slok uit moest nemen om het te kunnen vervoeren. Nadat hij het glas voor de man had neergezet, richtte hij zijn aandacht meteen weer op de tv.

'Ja,' zei de schoonmoeder en ze zuchtte. 'Dat hij ook die kant uit gaat...'

'Ach, mens.'

Ze begon stilletjes te huilen.

De man dronk van de oude jenever. Hij vroeg zich af of het inderdaad, zoals zijn schoonmoeder zei, zijn schuld was. Een vlaag regen overstemde kort het zingen van een dik meisje met piekhaar dat doodstil in een grote ruimte stond. Ze had een prachtige, heldere stem, ze leek alles om zich heen te vergeten terwijl ze zong, haar ogen blonken, haar handen hingen volledig ontspannen langs haar dijbenen; ze werd mooi. Kort daarna kreeg ze te horen dat ze bedankt werd, dat ze niet de vereiste 'uitstraling' had. De volgende graag.

'Godverdomme zeg,' zei de schoonvader.

Tijdens een reclameblok begon de schoonmoeder opnieuw. 'Moet jij nu de gevangenis in?'

'Nee,' zei de man. Voor hem stond een tweede glas jenever.

'Waarom niet?'

'Omdat ik de schade volledig betaal.'

'Dus je mag tegenwoordig overal maar brand stichten zonder dat je in de gevangenis belandt?'

'Dat ligt eraan, denk ik,' zei de man. 'Ik ben niet weggelopen. Ik heb meegewerkt. Ik denk dat het daarmee te maken heeft.'

'Kan je die schade betalen?'

'Jawel.'

'En toch is het allemaal jouw schuld.'

'Waarom denk je dat nou, schoonmoeder. Vind je dat makkelijk om te denken?'

'Ja.'

'Je weet toch wat ze gedaan heeft?'

'Ja.'

'Hoe kan ik er dan de schuld van zijn?'

'Nee, maar is dat allemaal wel waar? Jij hebt ons dat verteld. Wie zegt ons dat je niet liegt?'

'Waarom zou ik liegen?'

'Omdat je van alles te verbergen hebt.'

'Ik heb helemaal niets te verbergen.'

'Nee,' zei de schoonvader, die strak naar het tv-scherm keek.

'Bemoei je er niet mee,' zei de schoonmoeder. 'Waar kan dat arme kind toch uithangen?'

'Die oom,' zei de man. 'Die broer van jou. Leeft die nog?'

'En of die nog leeft!' zei de schoonvader. 'Die is nog niet eens zeventig, hoor.'

'Waar woont hij?'

'Denk je soms dat ze bij hem zit?' vroeg de schoonmoeder.

'Daar is ze niet,' zei de schoonvader.

'Hij heeft hem al gebeld. Daar is ze niet. Of hij liegt, dat kan natuurlijk heel goed, die man is knettergek.'

Er werd weer gezongen en gejureerd op de tv, de schoonvader had het toestel ietsje harder gezet na de laatste opmerking van zijn vrouw. Hij zat er veel te dicht op, de man kon zich niet voorstellen dat je iets kan zien op een scherm als je er bovenop zit. Of was het een manier om zich onzichtbaar te maken, om veilig vanaf de zijlijn zo nu en dan iets te zeggen?

'Geld,' zei de schoonvader.

'Wat?'

'Krijgen jullie geen brieven van de bank? Daarop kan je toch zien wat iemand waar uit zo'n geldautomaat haalt? Ze heeft toch geld nodig?'

'Ik krijg brieven,' zei de man. 'Zij niet. Zij doet alles via internet. Daar kan ik niet in. We hebben geen gezamenlijke rekening.'

'Volgens mij heb jij van alles te verbergen,' zei de schoonmoeder. 'Jij blijkt toch ook ineens een brandstichter te zijn?'

De man zuchtte.

'Dat jullie geen kinderen hebben, dat is zeker jouw schuld.'

'Zeker?'

'Ja.'

'Heeft ze je niet verteld over de onderzoeken?'

'Welke onderzoeken?'

'Die ik ondergaan heb.'

'Daar weet ik niks van.'

'Dat blijkt wel.'

'Ik wil een glas wijn.'

'Wat?' zei de schoonvader.

'Ik zei dat ik een glas wijn wil. Wit.'

'Dan pak je dat toch.'

'Jij schenkt je schoonzoon iets in en ik moet het zelf pakken?'

'Ja,' zei de schoonvader. 'Ik zit tv te kijken. En jij drinkt nooit.'

De schoonmoeder stond op en liep naar de keuken. De man was nog bezig met de felheid waarmee ze het woord 'schoonzoon' uitgesproken had en verwachtte dat zijn schoonvader zich nu naar hem zou omdraaien. Iets zou zeggen. Mannen onder elkaar. Flarden licht schoven door de woonkamer.

'Waarom zetten al die mensen zichzelf toch zo voor schut?' zei de schoonvader.

'Tja.'

'Ik snap het niet.'

'Wil jij niet op de tv?'

'Welnee.'

'Zij wel. En daar hebben ze alles voor over.'

'Vroeger keek ze op sinterklaasavond altijd uit het raam. Het was zo'n kind dat met haar neus tegen de ruit ging zitten, naar de natte straat staarde.'

'En de cadeaus dan?' vroeg de man.

'Ja, daar was ze ook mee bezig, natuurlijk, en toch...' De schoonvader keek naar het beeldscherm. 'Wat me vooral dwarszit,' zei hij zacht, 'is dat ze "echt niet" zei. We moesten ons echt niet ongerust maken.'

De schoonmoeder kwam terug. Ze had een glas in haar hand dat voor een kwart gevuld was met wijn. Toen ze was gaan zitten en een slok nam, trok ze een zuur gezicht. 'Met jou is dus alles goed?'

'Met mij is helemaal niets mis.'

'Wanneer is dat geweest?'

'Vorig najaar.'

'Heeft zij zich ook laten onderzoeken?'

'Nee.'

'Waarom niet?'

'Omdat dat misschien helemaal niet nodig is?'

'Vraag je dat aan mij?'

'Nee, ik zeg het.'

'Als ik haar was, zou ik mezelf wel laten onderzoeken.'

Alle drie dronken ze en staarden naar de tv. Een jongen met geitenwollen sokken aan en een getatoeëerd bloot bovenlichaam sprong door de grote ruimte. Hij schreeuwde van alles, wat niet te verstaan was. Misschien kwam hij uit het oosten van het land. De man wilde niet aan de student denken, hij wilde rustig blijven.

'De tijd begint immers nogal te dringen,' zei de schoonmoeder.

'Ach.'

'Hoe oud ben jij nu?'

'Drieënveertig.'

'Ging het wel goed tussen jullie?'

De man dacht even na. 'Nee.' Na een tijdje zei hij nog eens 'Nee'.

'Die is echt geschift,' zei de schoonvader.

'Hij is wel op tv,' zei de man.

'Wat scheelde er dan aan? Wat was er aan de hand?' vroeg de schoonmoeder.

'Ach.'

'En nu?'

'Nog even afwachten?' zei de man.

'En na dat afwachten?'

'Misschien naar de politie. Ik kan de agent die me verhoord heeft weleens vragen wat we verder kunnen doen.'

'Zie je die dan nog?'

'Na het verhoor zijn we een biertje gaan drinken.'

'Waarom?'

'Zomaar. Het was een aardige kerel.'

'Terwijl hij je in de cel had moeten stoppen.'

'Dat hoefde dus niet.'

'Politieagenten zijn ook maar gewone burgers,' zei de schoonvader.

'Wat weet jij daarvan?' vroeg de schoonmoeder.

'Ach, mens.'

Het viel de man op hoe liefdevol dat klonk.

De schoonmoeder nam een laatste slok wijn. 'Toch heb ik liever een kopje thee,' zei ze.

23

Het brood was op. De taart had ze in de vuilnisemmer gegooid, daar had ze geen zin meer in. Ze besloot niet met de auto naar Waunfawr te rijden, ze wilde proberen of ze in staat was zo'n groene stippellijn te volgen. Of ze de tekens op een platte kaart kon omzetten in echte paden, heuvels, huizen, weilanden. Ze trok haar wandelschoenen aan, deed een rugzak om en draaide de voordeur op slot. Op het pad voor het huis werd ze moedeloos, de draad die ze gespannen had, stond er nog, de rij bamboestokken dus ook. Ze zou heel wat leisteen moeten verkruien. Ze sloeg de hoek van het huis om en liep over het oprijpad langs het ganzenveld. Vijf stonden er bij het hek. Ze deed net of ze de beesten niet zag. Die nieuwsgierige koppen, het zachte gakken, het verwachtingsvolle geschuifel. Vijf.

Met de kaart in de hand liep ze door de vrijgemaakte kissing gate. De groene stippellijn gaf aan dat ze niet over haar eigen oprijpad moest. Tussen het lange gras verdween elk spoor van het pad. Met opgetrokken schouders stak ze het veld lukraak over en kwam uit bij een hek met een stile. Ze klom er overheen en wilde linksaf slaan. Daar stond het huis van de buren, zo te zien moest ze er pal langs. Er leek een deur open te staan. Ze aarzelde en keek voor ze omdraaide nog eens aandachtig op de kaart, alsof ze zomaar een wandelaar was die zich vergist had. Haastig stapte ze de stile weer op en af, stak het veld met het lange gras over en liep via het oprijpad naar de smalle weg. Een paar honderd meter verder pakte ze de groene stippellijn weer op, in werkelijkheid aangegeven door de richtingaanwijzer met het lopende mannetje. Toen ze na een wandeling die voor haar gevoel eindeloos duurde in de bakkerswinkel aankwam, zag ze op de klok dat het kwart voor één was.

'Te voet?' vroeg de bakker.

'Ja.' Ze was buiten adem.

'Stukje van niks, toch?'

'Nee, je bent er zo,' zei ze.

'We sluiten om één uur. Dat je dat weet voor de volgende keer. Awen!'

De bakkersvrouw kwam uit de bakkerij. '*O, hello love,*' zei ze. 'Hoe smaakte de taart?'

'Goed. Rhys Jones was er ook over te spreken.'

'Rhys Jones,' zei de bakker.

'Die houdt erg van onze taarten,' zei Awen. 'Kom je je hier permanent vestigen, *love*?'

'Waar woont hij eigenlijk?'

'Aan de voet van de berg. Die kant op.' De bakker gebaarde door de muur heen. 'Vanaf eind oktober doet hij zijn schapen op het land van de weduwe Evans.'

'Hebben jullie wel genoeg klanten?' Ze kreeg het warm, deed een stap opzij onder het voorwendsel iets in de vitrine onder de toonbank te bekijken.

'Zijn vrouw is overleden, heel tragisch allemaal, en als zij nog geleefd had, zou ze hem nooit zoveel taart hebben laten eten,' zei de bakkersvrouw.

'Dat gaat nog net.' De bakker keek naar zijn vrouw. 'Zo lang de mensen hun brood niet bij de Tesco kopen...'

'Is de verwarming wel afdoende in dat huis?' vroeg Awen.

'Prima,' zei ze.

'Vind je het er niet erg eenzaam en afgelegen?'

'Nee, dat gaat wel. Er zijn ganzen. En dus een heleboel schapen.'

'Je bent alleen? Geen man?'

'De weduwe Evans kwam tot op het laatst hier ook haar brood kopen,' zei de bakker luid, alsof hij zijn vrouw wilde overstemmen.

'Neem een hond,' zei Awen.

'Wat kan ik voor je betekenen?' vroeg de bakker.

Ze wilde eigenlijk vragen hoe en wanneer de weduwe Evans gestorven was, maar het bakkersechtpaar aan de andere kant van de toonbank keek haar zo verwachtingsvol en weetgraag aan, dat ze twee broden en twee pakken koek bestelde.

'Tot ziens,' zei ze, terwijl ze de aankopen in haar rugzak stopte.

'Tot het brood op is,' zei de bakker. 'Binnenkort hebben we al kerstbrood.'

'Een hond,' riep de bakkersvrouw haar na. 'Dat is een echte vriend.'

Ze trok de winkeldeur dicht en keek de lucht in. Het was grijs. Grijs en grauw, maar het regende niet. Ze keek in de richting van Mount Snowdon en herinnerde zich dat ze de berg aan haar linkerhand moest houden. Kort keek ze achterom toen ze van de stoep af stapte. De bakker zonder naam en zijn vrouw Awen stonden haar na te kijken, zonder van hun plaats gekomen te zijn. Ze zwaaiden niet, ze keken.

Ze nam niet precies dezelfde weg terug; op bijna alle punten waar het op de heenweg mis was gegaan, ging het nu goed. Bíjna, ergens ging het toch weer fout en het duurde heel lang voor ze in de gaten kreeg dat ze op een verkeerde stippellijn liep. Alles leek op elkaar, de hagen van doornige struiken, de gedrongen eiken, het grasland, de ijzeren drinkbakken, het drukke gefluit van vogels. Dat vond ze vreemd, het was eind november, die beesten deden alsof het voorjaar was. Per ongeluk belandde ze op de T-splitsing van waaraf ze eerder voor het eerst de berg gezien had en omdat ze wist waar ze was – hierna de kaart niet eens meer nodig zou hebben – ging ze zitten, met haar rug tegen een houten hek. Ze haalde een pak koek uit haar rugzak en at dat half op, waarbij ze ruim de tijd had de berg goed te bekijken. Ondanks het grijze weer was hij overdekt met verschillende kleuren: bruin, oker, groen, zelfs iets paarsachtigs. Hij zag er niet moeilijk uit, vond ze.

Het leek al een beetje schemerig te worden toen ze op weg ging naar het oprijpad. Onderweg moest ze zich vastgrijpen aan een boom. Ze kon niet anders dan gebogen staan, als ze recht stond, kon de pijn geen kant op, in elkaar gedoken was het of de doffe scheuten iets verspreid werden, waardoor het wat draaglijker werd. Ze kon niet goed uitmaken waar het precies zat, zelfs in haar benen en armen stak en zeurde het. Ze wreef over haar buik en bovenarmen, greep even naar haar voorhoofd en dacht aan haar oom. Iets later, ze liep weer voorzichtig, zag ze Emily Dickinson voor zich, lopend door haar herfsttuin, een eerste versregel in haar hoofd – *The murmering of bees has ceased* – en bezig te verzinnen hoe ze het gedicht verder helpen kon. Nee, nooit door een bij gestoken, die Dickinson.

24

De volgende ochtend nam ze uitgebreid de tijd om te ontbijten. Ze had het eten erbij laten zitten, sloeg regelmatig het avondeten over. Drinken deed ze wel volop. De klok gaf half tien aan. Als alles stil was in huis, kon ze hem horen tikken; scherpe, nijdige tikjes waren het. Ze wilde dit niet, ze wilde geen tijd in haar keuken, het liefst zou ze de klok stilzetten, maar het idee er nu een stoel onder te plaatsen maakte haar onpasselijk van vermoeidheid. Stilzetten, niet alleen om geen tijd meer te hebben, ook om die botte schapenboer dwars te zitten. Ze dacht veel aan Rhys Jones, en wond zich dan op.

In de woonkamer en de kamers boven had ze haar best gedaan er iets van te maken, de keuken was zoals de weduwe Evans hem achtergelaten had. Het rook er oudewijverig, een geur die ze in de weken dat ze hier woonde langzaamaan op zichzelf had betrokken. Zelfs de oude wasmachine leek ermee doordrenkt te zijn; als ze een was gedaan had, die ze meestal aan een rek in het trapgat te drogen hing, zat er aan de frisse wasmiddelengeur al iets bedompts. Gisteren in de bakkerswinkel had ze de lucht van de oude vrouw, mogelijk omdat ze transpireerde van het lopen, duidelijk geroken, en ze had een stap opzij gedaan om zichzelf niet te zien in de smalle spiegelwand achter een broodschap, bang als ze was iemand anders te zien, zoals ze een tijd geleden in de ruit van de werkkamer van zichzelf in een gluurder was veranderd.

Ze zette koffie, klopte melk, sneed twee plakken brood af en besmeerde ze met echte, gezouten boter. Op de ene snee smeerde ze *blackcurrant-jam*, de andere belegde ze met kaas. Ze ging zitten en dwong zichzelf alles op te eten en te drinken. Ze keek naar buiten, zag dat de klimstruik tegen een strakblauwe lucht steeds doorzichtiger werd, streek een haarlok achter het oor en vroeg zich af of ze niet eens naar de kapper moest. Nadat ze het bord en de koffiebeker had afgewassen ging ze de trap op. Op de tafel in de werkkamer lag de agenda. Ze sloeg hem open, bekeek de datums, rekende door vanaf een dag waarvan ze zeker wist welke dag het was en scheurde een geperforeerd hoekje af. Het was vrijdag 27 november.

Ze zette de auto op het uitgestorven parkeerterrein naast het kasteel en liep het stadje in. In het straatje met de klok op de boog in de oude stadswal – alweer een klok – vond ze een kapperszaak. Tussen de huisarts en de apotheek in, de vorige keer was de zaak haar niet opgevallen. Als het niet 27 november was geweest, als dit een normaal verblijf was, had dit haar plezier gedaan: regelrecht naar een kapper lopen in een vreemde stad, alsof het de normaalste zaak van de wereld was, alsof ze hier elke maand haar haar liet doen. Nu was het zonlicht dat op de grote ruit weerkaatste te fel in haar ogen, nu voelde ze het brood als een klomp beton in haar maag liggen, nu voelde het alsof ze zich ging overgeven, uitleveren bijna, aan een beul met zachte handen. En ze was nog niet eens binnen.

Er was één klant, de huisarts. Hij zat te roken en op de

asbak die naast de spiegel stond, lag een tweede sigaret te smeulen.

'Hello, love,' zei de kapster. 'Ga lekker zitten, ik werk meneer nog even af, het duurt niet lang meer.'

'Ah, de dassenvrouw,' zei de huisarts. Alles wat boven de kobaltblauwe kapperscape uit stak, leek op een net uit het ei gekropen vogeltje. Hij keek haar aan via de spiegel.

'Wat zeg je?' vroeg de kapster.

'De dassenvrouw. Ze is door een das in haar voet gebeten.'

'Nee! Dat kan toch niet.'

'Dat zei ik ook, en toch was het zo.'

'Hoe kan dat dan?'

'Met blote voeten op een grote steen gaan liggen.'

'Echt waar?'

'Jawel.'

De kapster stopte met werken, stond kort met de kamhand en de schaarhand loos in de lucht. 'Ik zie eigenlijk alleen dode dassen. Langs de weg.' Ze reikte naar de asbak en trok zo diep aan haar sigaret dat de pezen in haar hals zichtbaar werden. Ze wuifde de rook die ze uitblies met een los handje weg.

'Ik ook. Domme dieren zijn het, die denken dat de nacht van hen is en dus nergens meer op letten.'

'Zou dat het zijn?'

'Ik weet het niet. Ik woon hier mijn hele leven en zag nog nooit een levende das. Misschien moet je het de Nederlandse vrouw vragen.'

De huisarts en de kapster keken haar nu allebei aan via de spiegel. De kleine kapsalon stond blauw van de rook. Ze had gelukkig al een tijdschrift van een tafeltje gepakt, verbluft als ze was zo besproken te worden, en begon er zomaar wat in te bladeren. Niemand vroeg haar daadwerkelijk iets, dus ze hoefde niet te antwoorden. Ze probeerde zich te concentreren op een artikel over het arrangeren van pompoenen in een portiek, terwijl de huisarts uitgebreid de klachten van zijn patiënten doornam. Op een vreemde manier sprak hij met de kapster als een gelijke, alsof hij een of andere oude vriendin was. Twee vrouwen die het leven van alledag doornamen. Zo nu en dan terugsnaterend knipte de kapster verder tot ze hem met een breed gebaar de cape van het lijf trok en '*Done*!' riep. De huisarts kwam uit de stoel omhoog en bedankte haar. De kapster maakte geen aanstalten naar de kassa te lopen.

Toen hij voor haar stond, stak hij een sigaret op. 'Kom je nog eens langs?' vroeg hij.

'Waarom?' vroeg ze.

'Dan kan ik de wond bekijken. Onder andere.'

'Dat lijkt me niet nodig.' Ze bleef weerspannig naar een foto van een enorme groene pompoen staren.

'Wat jou het beste lijkt,' zei de huisarts. 'Wat jou het beste lijkt.' Hij vertrok.

'Kom maar hier zitten,' zei de kapster. 'Dan gaan we eerst eens lekker je haar wassen.'

Zachte handen had ze. Ze kneedden en streelden. Het water had precies de juiste temperatuur, de shampoo rook erg lekker. Wat haar betrof, mocht het knippen nog wel even uitgesteld worden.

'Hoe wil je het hebben?' vroeg de kapster. 'Bijpunten?'

'Kort graag. Makkelijk.'

'Die das. Was dat nou echt waar?'

'Ja,' zei ze. 'En dassen komen ook overdag tevoorschijn.' Tijdens het harenwassen werd verder niet gesproken. Een kwartier later meende ze ondanks de shampoo de weduwe Evans toch weer te ruiken. Ze keek naar zichzelf in de spiegel – nek en hals waren helemaal vrij van haar, het gezicht bleek, ogen donker – en wist dat ze iets ging zeggen wat ze nooit eerder gezegd had. 'Kunt u mij misschien omdraaien?'

'Wat?'

'Omdraaien. De stoel.'

'Maar waarom?'

'Omdat ik...' Ze wist niet wat ze zeggen kon.

'Dan kun je niet zien wat ik doe,' zei de kapster.

'Ik vertrouw erop dat u dat goed doet. Ik laat me graag verrassen.'

'Zoiets heb ik nog nooit meegemaakt,' zei de kapster, terwijl ze met haar voet de stoel draaide. 'En ik kan zelf ook niet goed zien wat ik doe.' Ze tikte een sigaret uit het pakje en zette de deur op een kiertje, nadat ze hem eerst helemaal had opengetrokken en links en rechts de straat in had gekeken. Daarna legde ze de brandende sigaret op de asbak. 'Is dit een gewoonte in Nederland?' vroeg ze.

'Nee.'

'Nou, vooruit dan maar weer.' Een kwartier later was het klaar, er waren geen nieuwe klanten binnengekomen. Met een föhn droogde de kapster de gel die ze in het haar had aangebracht en met lompe vingerbewegingen trok ze het in model. De sigaret was helemaal uit zichzelf opgebrand.

Ze stond op en draaide zich niet om naar de spiegel voor ze naar een kleine toonbank liep waarop de kassa stond.

‘Wil je niet kijken?’

‘Nee. Ik wil echt dat het een verrassing is.’

De kapster keek haar aan, opende haar mond, misschien om te vragen of dít dan in Nederland de gewoonte was.

‘Dat vind ik leuk,’ zei ze.

De kapster sloot haar mond en tikte verbolgen een bedrag in op de ouderwetse kassa, die luid rinkelde.

Ze betaalde, zei vriendelijk tot ziens en ging de kapperszaak uit. Ze deed de deur niet helemaal dicht. Een stuk verderop keek ze om en zag de kapster voor haar zaak staan, één hand onder de borsten door in de oksel, een sigaret in de andere hand, demonstratief naar de parfumerie tegenover haar zaak starend. Het geblondeerde haar zag er schamel uit in de door de zon uitgelichte rookwolk die heel langzaam opsteeg. Ze hield zich goed in de nauwe straatjes en op de parkeerplaats, hoewel er nauwelijks mensen op straat waren. Pas toen ze in de auto zat en zichzelf als een geschrokken dier in de achteruitkijkspiegel zag, begon ze te huilen.

25

Ze inspecteerde de houtvoorraad in de varkensstal. Keek en rekende, en besloot niet elke avond in meerdere kamers vuur te stoken. Dan was er voldoende. Bovendien, als het hout op zou raken, kon ze altijd nog bij het grote kooktoestel in de keuken gaan zitten.

Net als gisteren scheen de zon en de rook van haar sigaret steeg net als de rook van de kapster loodrecht omhoog.

Ze leunde tegen de lichte muur van de stal, voelde de warmte door het slaaphemd heen op haar rug, maar haar nek voelde koud aan. Haar hoofd was licht, alsof er kilo's haar waren afgeknipt. Ze rookte met haar ogen dicht.

Hier stond ze, geen enkele afspraak, geen enkele verplichting. Ze dacht aan de ganzen en aan de draad langs het pad en aan tóch een verplichting: het kopen van brood bij de bakker in Waunfawr, en ze had het gevoel dat alles haar boven het hoofd groeide. Ze gooide de sigaret op het gazon en ging het huis binnen, waar ze op de mat achter de voordeur het leisteengruis van haar blote voetzolen veegde. Kleedde zich aan, stopte een handdoek in de rugzak en ging op pad.

Haar eigen pad. Over de beek heen, door het kleine bos met de oeroude bomen, het steeds duidelijker spoor, de vrijgemaakte kissing gates. Het zingen van vogels die ze niet herkende, nooit gekend had, een eekhoorn. Ze liep dwars door de steencirkel heen en ging het dijkje in het moerassige land op. De kaart lag thuis, op de tafel. Voorbij het natte deel liepen runderen met lange haren en grote horens achter een ijzeren hek. Naast het ijzeren hek een stile, ze zou door het veld moeten waar die zwarte beesten liepen. Zonder te aarzelen klom ze over de stile en keek niet naar de runderen. Als ik doe alsof ze niet bestaan, zullen ze mij ook niet opmerken, dacht ze. Ze meende het pad langs de houtwal te zien lopen, zou wanneer het nodig was door het dichte struikgewas in veiligheid kunnen kruipen. Overal het golvende land, als ze vijftig stappen had gedaan en achterom keek, herkende ze niets meer. Ze had geluk, een kissing gate zonder draaihek gaf aan dat ze goed gelopen was, ze liet de zwarte beesten achter zich. Het land daalde, voor zich zag ze het water.

De bomen waren vrijwel helemaal bladloos hier, het gras kaalgevreten en geel, hier en daar een kluitje distels. Aan de oever stond een steen, zo een die op de kaart *standing stone* genoemd werd, bij deze had ze eerder het idee dat een boer met een zwaar werktuig in de weer was geweest. Toen ze rond de grote vijver liep, zag ze betonnen randen en een bakstenen huisje waarin ze water hoorde stromen, dat vervolgens niet aan de andere kant tevoorschijn kwam. Dat bevestigde haar idee dat de vijver aangelegd was, dat het een soort stuwmeertje moest zijn. Achter het huisje liep een asfaltweg dood. Ze moest aan een net gepoetst zilveren dienblad denken, zo rimpelloos en uitgestreken lag het water voor haar. Olieachtig en helder, het leek niet koud. Op een plek waar ze haar kleren op een grote kei kon leggen kleedde ze zich uit. Ze brak het water door de voet met het litteken er in te steken. Het was wel koud, maar niet genoeg om haar af te schrikken. De bodem voelde, door een dunne laag modder heen, keihard aan, de vijver leek een enorm grote betonnen bak te zijn, die niet al te lang geleden was schoongemaakt. Zo langzaam mogelijk liep ze naar het midden en daar – het water kwam tot aan haar middel – bleef ze net zo lang staan tot het weer rimpelloos en uitgestreken was. Ze kon haar tenen en haar knieën zien, minuscule luchtbelletjes aan elke afzonderlijke schaamhaar, een vreemde lichtbreking bij haar buik en onderarmen; alsof het onderlichaam van iemand anders was, niet goed paste. Ze keek rond en ja, een oever, hier, was zonder begin en zonder eind. Een cirkel. Misschien kreeg ze het niet koud omdat er geen zuchtje wind was, waardoor haar bovenlichaam door zelfs een zwakke zon verwarmd kon worden, en omdat ze het water als olieachtig, traag en stroperig, bleef ervaren. Ze stond en bleef staan en begreep heel goed dat haar oom niets meer had kunnen beslissen in die hotelvijver, dat puur de plek waar hij zich bevond hem elke keuze ontnam. Pas toen ze rond haar tepels kippenvel zag verschijnen, waadde ze terug naar de oever. Ze had bewust de tijd zien verstrijken aan het verschuiven van lange boomschaduwen, de aankomst en het vertrek van een school heel kleine visjes bij haar tenen en het opduiken van een vijftal schapen bij de staande steen. Was dat het, wat Dickinson vrijwel haar hele volwassen leven had gedaan? Had ze geprobeerd de tijd te stuiten, draaglijk te maken, minder eenzaam misschien ook, door hem in honderden gedichten gevangen te zetten? En dan niet alleen de tijd, maar ook LOVE en LIFE en NATURE. Niet van belang, dacht ze. Niet langer van belang, en bovendien had Dickinson niet zelf die indeling gemaakt. Ze droogde zich af en trok haar kleren aan. Toen ze wegliep van het water waren nog lang niet alle rimpelingen uitgegolfd.

De zwarte runderen waren weg, in elk geval niet langer zichtbaar vanaf het pad langs de houtwal. Op het dijkje bedacht ze dat dit pad vroeger toch belopen moest zijn geweest, anders waren niet de borden met het lopende mannetje, de kissing gates en de stiles aangebracht. En hoe vanzelfsprekend ze het nu al vond dat hier niemand was. Er zal toch weleens een wandelaar langskomen, misschien was dat al gebeurd terwijl zij op de divan in de werkkamer lag of in een kapsalon zat of boodschappen deed bij de Tesco. Op de grootste kei van de steencirkel rookte ze een sigaret en wachtte net zo lang tot de das – ze ging er van uit dat het steeds dezelfde was, de mannetjesdas die haar in de voet had gebeten – onder de gaspeldoorn vandaan kwam. Net als de vorige keer keek hij naar haar, zonder aanstalten te maken helemaal zijn schuilplaats te verlaten. Misschien had hij een herinnering aan de tak die op zijn rug was stukgeslagen.

26

Bij aankomst in Hull had ze bij vier verschillende geldautomaten, met haar normale bankpas en haar creditcard, een grote hoeveelheid geld opgenomen. Ze was misselijk geweest, de nachtboot had gedeind en gestampt; zó ellendig had ze zich gevoeld dat ze zich voornam nooit meer met zo'n groot schip te reizen. Toch was ze helder genoeg veel geld op te nemen, alsof ze wist, en wilde voorkomen, dat een transactie nagetrokken kon worden. Ze was gewoon gaan rijden, over de grote wegen. Bradford, Manchester, Chester. Ierland had ze in haar hoofd. Bij een *Little Chef* had ze het zeil dat over de spullen op de aanhangwagen lag steviger aan moeten trekken. 'Spullen', dat woord had ze in haar hoofd gehad. Het eenpersoonsmatras, het salontafeltje, dingen die ze zo maar bij elkaar gezocht had. Nog voor ze in Wales was, stond Holyhead al op de borden, te bereiken door steeds maar op de A55 te blijven. Ze tankte en had voor ze het in de gaten had al betaald met haar creditcard. In Bangor hield het eindelijk op met regenen en op het moment dat ze de Britannia Bridge naar Anglesey op reed, herinnerde ze zich de overtocht. Nee, niet nog eens zo'n nachtmerrie. De zeestraat tussen het vasteland en Anglesey zag er prachtig uit in de vochtige zon: de steile beboste oevers, de twee oude bruggen, grote witte vogels in zilte modder, een eilandje met een wit huisje er op. Ze was omgekeerd en op zoek gegaan naar een Bed & Breakfast. De volgende dag was ze terechtgekomen bij de 'makelaarvriend' van Rhys Jones, die zei het perfecte huis voor haar te hebben, vrijwel volledig gemeubileerd en per kwartaal te huren. Een *grey stone Welsh farmhouse*. Ze waren er gaan kijken, in zijn auto, hij had haar een rondleiding gegeven, met een achteloos gebaar de stal gewezen en '*Pigsty*' gezegd. Na een tweede nacht in de Bed & Breakfast was ze er ingetrokken. Hij had niets gezegd over de ganzen, zij had ze niet gezien. De schapen van Rhys Jones liepen er toen nog niet. Ze had tot 1 januari betaald en nog steeds meer dan genoeg geld.

Ze was heel rustig bezig halve kruiwagenladingen leisteen van de hoop naar het pad te vervoeren. Telkens wanneer ze met een lege kruiwagen de hoek van het huis om kwam, begonnen de vijf ganzen zachtjes te snateren. Bijna niet te harden was het, ze begon steeds haastig leisteen te scheppen om het geluid te overstemmen. Na een paar ladingen vulde ze de kruiwagen nog maar voor een kwart. Ze had de draad en de bamboestokken weggehaald, strooide het leisteengruis tegen de dikke elzentakken aan, verspreidde het met de roestige riek. Toen het klaar was, schoof ze een keukenstoel bij het grote kooktoestel, dronk een glas melk, at brood, rookte een sigaret en bedacht dat ze, als ze zich een echte tuinman wilde voelen, eigenlijk shag moest gaan roken. In de middag stak ze met een mes onkruid tussen het leisteengruis vandaan, met de deurmat onder haar knieën. Ze schoof van de hoek bij de varkensstal langzaam naar de hoek met de bamboe en de olietank, tot ze bij de beek uitkwam, en legde daar de deurmat – waar WELCOME op stond – neer als kussen. In de tijd die het kostte om als een levende vuilzuiger over het gruis te schuiven had ze nergens bewust over nagedacht, was er van alles in haar hoofd opgekomen en weer verdwenen. Ze liet haar benen langs de steile oever van de beek omlaag hangen en staarde naar het snelstromende water, dat op dit punt een duik maakte. In de steile oever aan de overkant, niet veel verder weg dan een meter, groeiden verschillende soorten varens en allerlei andere plantjes die ze niet bij naam kende. Een boom was ooit omgevallen en lag als een mosbrug over de beek heen. Ze vond het moeilijk zich los te rukken van het water, het vlieden en bruisen hypnotiseerde, er kwam geen eind aan. Ontsprong deze beek op de berg?

Die avond staarde ze naar het vuur in de open haard als in de middag naar het water. Ze had kaarsen aangestoken en in de vensterbanken neergezet. Een zeurende pijn in haar rug. Voor ze in het leeuwenpotenbad was gaan liggen had ze brood gegeten, met kaas en een zoete ui. Warm eten was haar te veel gedoe, groente en fruit waren gezond, maar zoiets gold natuurlijk alleen voor gezonde mensen, met vlees had ze altijd al wat moeite gehad. Wat moest ze in godsnaam aan met het lam waarmee Rhys Jones gedreigd had? Daarover had ze in het warme water nagedacht, en ook over de tuin. Ze kon dan wel geen schets tekenen, in haar verbeelding waren paden al aangelegd, stonden bloembedden in bloei en was zelfs de rozenboog opgericht. Nu staarde ze in het vuur, zonder het echt te zien. Het was warm, er was licht, de divan was met kussens een prima plek om te liggen. Ze had zich na haar bad niet aangekleed, lag onder een zachte deken. Een glas wijn op het salontafeltje, waarop ook *The wind in the willows* en de ongelezen boeken.

In de geur van het brandende hout zat iets scherp-zoets, ze dacht aan door haar grootmoeder gemaakte borstplaat en gevulde speculaas. De grootouders die daarmee naar de Rustenburgerstraat kwamen; het bonken op de deur; het door de beslagen ruit op straat kijken, waar het liefst slecht weer moest zijn, de verwondering dat er mensen liepen, met enig geluk een Zwarte Piet op de fiets; weten dat het daarbuiten koud en nat was en binnen warm; chocolademelk en cadeaus, de speciale geur en het geritsel van het pakpapier; het lachen van de grote mensen in een schaars verlichte woonkamer; het nalopen van haar eigen verlanglijstje, soms met een potlood de cadeaus doorstrepend die ze had gekregen; weten dat alles voorbij was op het moment dat in de keuken de tl-balk aanknipperde; het gestommel op de trap als zij al in bed lag; het lege gevoel op 6 december. Steeds maar dat heimwee. Misschien was daar een ander woord voor. Mogelijk was 'weemoed' beter, het had meer met een tijd dan met een plaats te maken.

De ganzen begonnen hard te gakken. Ik moet een geluidsinstallatie, dacht ze toen ze met enige moeite opstond. Ze ging snel de trap af, knipte de buitenlamp aan en rende over het pad naar de zijkant van het huis. 'Hé!' riep ze. 'Opsodemieteren!' Ze greep een handvol leisteengruis en gooide het in de richting van het ganzenveld, dat niet meer dan een duistere vlakte was. 'Weg! Weg!' Nog een hand stenen. 'Hé!' Een enkel steentje rolde uit, het geluid ervan werd al snel overstemd door de beek. De ganzen waren stil. Ze liet zich op haar knieën zakken en keek naar de hemel. Nooit eerder had ze zoveel sterren gezien. Nooit eerder ook had ze die naakt en op haar blote knieën bekeken, eind november.

DECEMBER

27

De man liet bij het opruimen van de garage een kartonnen doos op zijn voet vallen. In de doos zaten boeken en papieren van zijn vrouw. *Studiejaar 2003-2004* stond er op. Hij wilde hem op een plank zetten, net iets boven zijn macht, toen een stuk afplaktape losliet, waardoor hij de greep erop verloor. De doos viel via zijn borst met de punt op zijn voet. Hij droeg slippers. Die dag, het was een zondag, 6 december, kwam hij nog wel door, hij ontzag de voet en staakte het opruimen, ging met een glas rode wijn voor de tv zitten, de godganse middag sport. De volgende ochtend was de voet dik en blauwgeel, zó dik dat de kleine teentjes bijna niet meer als afzonderlijke tenen te herkennen waren. Nadat hij het nummer in zijn agenda had opgezocht, belde hij de praktijk van de huisarts. Hij kon meteen langskomen, maar moest eerst via internet op zoek naar het adres. Hij trok hardloopschoenen aan zonder de veters dicht te knopen en schakelde zo min mogelijk, de voet op het koppelingspedaal duwen was een marteling. Trainen zou er een tijd niet inzitten, besefte hij. Het niet naar z'n vier schakelen was geen groot probleem, de route van zijn huis naar de huisartspraktijk voerde door zijn eigen woonwijk. Tijdens de rit belde hij naar zijn werk, zei voor de zekerheid dat hij vreesde dat het de hele dag zou kunnen duren. Hij kon zich niet voorstellen dat er niets gebroken was.

Bij binnenkomst herkende hij de huisarts niet, ze bleek een vrouw te zijn, terwijl hij toch vrijwel zeker wist dat zijn dokter een man was. Ze gaf hem een stevige hand, noemde haar naam en ging snel zitten, half verscholen achter een computerscherm.

'Fertiliteitonderzoek,' zei ze. 'Aangevraagd vorig jaar november.'

'Eh, ja,' zei hij.

'Uitgevoerd in het VU-ziekenhuis.'

'Is dit een examen?' vroeg hij.

'Pardon?'

'Wat doet u?'

'Ik lees me even in.'

'Ik heb een doos op mijn voet gehad. Een heel zware doos.'

'Ja, natuurlijk.'

'Pardon?'

'Ik bedoel...'

'Wie bent u eigenlijk?'

'Ik heb net mijn naam genoemd.'

'Die heb ik gehoord, en mijn huisarts heet niet zo.'

'Vanaf 1 januari is dit een huisartsenpraktijk. Dat betekent dat meerdere...'

'Ik weet wat een huisartsenpraktijk is.'

'Uw voet, zei u.'

'Ja.' Hij trok zijn schoen en sok uit.

'Komt u even hier op de behandeltafel zitten.'

Terwijl de huisarts zijn voet onderzocht, en dat niet echt zachtzinnig deed, probeerde hij over haar hoofd en licht gebogen rug heen iets te lezen op het computerscherm. De behandeltafel stond te ver van haar bureau af.

Ik moet mijn toon matigen, dacht hij. Even later mocht hij weer tegenover haar gaan zitten. Ze schreef een verwijsbrief.

'De VU maar weer?' vroeg ze.

'Ja,' zei hij. 'Dat is het makkelijkst.'

'Ik denk dat het een zware kneuzing is, maar ik heb geen röntgenogen.'

'Nee,' zei hij.

Ze gaf hem de verwijsbrief. 'U kunt er nu meteen heen.'

'Die gegevens,' zei hij.

'Ja?'

'Is dat alleen van mij of van ons... Samen?'

De huisarts keek naar het scherm. 'Van alle mensen die op uw adres wonen. Hier staat dus ook dat uw vrouw of vriendin, net als u, een fertiliteitonderzoek heeft laten uitvoeren.'

'Ja, natuurlijk,' zei hij.

Ze keek aandachtig naar het scherm, tikte iets in, misschien gebruikte ze de pijltjestoets, dat kon hij niet goed zien. 'Juli.' Ze las nog even door en keek hem daarna recht aan. 'Hoe is het nu met haar? Volop in behandeling?'

'Het gaat wel,' zei hij.

'Het gebeurt niet vaak dat er tijdens een fertiliteitonderzoek iets anders gevonden wordt. Daar letten ze niet op.'

'Nee,' zei hij. Doorpraten, dacht hij. Alsjeblieft, doorpraten.

Ze bleef hem strak aankijken. 'Ik geloof dat u geen flauw idee heeft waar ik het over heb?'

'Nee. Ja.'

'Het spijt me, ik kan verder niets zeggen. Ik geloof dat ik al te veel gezegd heb.'

'Ze is mijn vrouw!' zei hij.

'Dat maakt het nou juist zo eigenaardig. Dat u van niets weet.'

28

Mist. De wereld stond stil, er was nauwelijks geluid, zelfs het stromen van de beek klonk alsof het water door een gazen zeef ging. Toch werkte ze in de tuin. De ene onafgemaakte els was kaal nu, een tweede miste al een paar dikke takken. Ze ging heel rustig te werk. Als ze voelde dat ze moe werd, stapte ze voorzichtig van de keukenstoel en liep naar binnen om even voor het grote kooktoestel te gaan zitten. Pas als ze een kop thee had gedronken, iets had gegeten en een sigaret had gerookt, ging ze weer naar buiten. Ze ontdeed de takken van de zijtwijgen en legde ze op een stapel tegen de tuinmuur, aan de korte zijde van het gazon. Dickinson zou kuchend en zuchtend binnen gezeten hebben met zulk weer, dacht ze, en zou schrijven over lichte voorjaarsdagen en de eerste bij. Het zagen ging steeds makkelijker, nu ze doorkreeg dat ze de zaag het werk moest laten doen. De lamp in de varkensstal brandde, de deur stond open; het zag er warm uit, het door de mist verstrooide licht deed haar denken aan ezels en ossen en een kribbe. Altijd zo doorzagen, dacht ze. Heel rustig, in een klein wereldje, met gesmoorde geluiden. Terwijl ze buiten bezig was, zag ze de keukentafel voor zich, met daarop de kaart en een nieuwe poging tot een tuinontwerp, waardoor ze aan de maandag dacht, en een ritje naar een winkel in Caernarfon waar kleurpotloden te koop waren. En een andere winkel waar ze een tv wilde kopen, omdat de avonden nu wel heel erg lang werden en ze gedachteloos naar een of ander tuin- of antiekprogramma wilde kijken, of die BBC-serie over mensen die vanuit de stad naar het platteland proberen te verhuizen en daarbij de hulp van de presentator van het programma inroepen.

Toen ze met de zoveelste tak naar het tuinmuurtje liep, sprong iemand over de muur heen, in een werveling van natte lucht. Het leek vertraagd, het springen, misschien door de grote rugzak die de man droeg. Hij landde op de stapel takken, verloor zijn evenwicht en gleed zijwaarts weg. Ook dat leek trager te gaan dan normaal, het deed haar denken aan een turner die bezig is met een vloeroefening. Hij kroop overeind en greep naar zijn linkerpols. Ze bleef staan.

'O,' zei hij. Het was geen man, eerder een jongen.

'Heb je je bezeerd?' vroeg ze.

'Nee, niet echt,' zei hij. 'Tenminste...'

Ze liet de tak uit haar hand glijden en liep op hem af.

'Bradwen,' zei hij.

'Wat zeg je?'

'Zo heet ik.' Hij stak zijn hand uit.

Ze legde haar hand in de zijne. 'Emilie.'

'Is dit jouw tuin?'

'Ja.'

'Ben je Duits?'

'Wat is dat met jullie? Kan niemand hier het verschil horen tussen Duits en Nederlands?'

'Sorry.' Hij had een rollende r.

'Het geeft niet. Maar het is wel opvallend.' Nog steeds

hield ze zijn hand vast. Hij had een muts op en loenste. Niet erg, genoeg om van in de war te raken. 'Heb je een zere pols?'

'Ja.'

Ze trok haar hand terug. 'Wil je even zitten?'

'Ja.'

'Kom dan maar binnen. Zet ik koffie.'

'Sam!' riep de jongen.

Een hond sprong over het muurtje heen, net als zijn baas landde hij op de stapel takken, en net als zijn baas gleed hij uit. Hij kwam spartelend overeind.

'Een hond,' zei ze.

'Sam,' zei de jongen. 'Dat is mijn maat.'

'Hallo, Sam,' zei ze.

De hond snuffelde aan de hand die ze uitgestoken had en likte eraan.

'Hij vindt je aardig,' zei de jongen.

Ze pakte het beest onder de kin vast en keek hem in zijn ogen. 'Ik vind hem ook aardig.' De hond trok zijn kop los.

'Dat is mooi,' zei de jongen.

'Koffie,' zei ze.

De jongen had zijn rugzak onder de klok gezet en de muts van zijn hoofd genomen. Dik, zwart haar was tevoorschijn gekomen, waar hij niet een hand doorheen had gehaald. De hond lag tegen het kooktoestel aan, hij zuchtte zo nu en dan tevreden. Ze had koffie gezet en een paar kaarsen aangestoken die in de vensterbank boven de aanrecht stonden. Het begon alweer te schemeren, de dagen waren beangstigend kort. Ze had een snee brood voor de jongen afgesneden en met kaas belegd. 'Dank je, Emily,' zei hij, toen ze het bord voor hem op tafel zette. Wat maakt het uit, dacht ze bij het horen van de naam. Hij is zo weer weg. Nu waren het brood en een tweede kop koffie op. Hij had niets gezegd terwijl hij at en dronk. Zijn wandelschoenen had hij bij de voordeur uitgetrokken, er hing een zoete geur in de keuken.

'Ik moet verder,' zei hij. 'Het wordt donker.'

'Waar ga je heen?'

'Een stuk verderop is een Bed & Breakfast.'

'Hoeveel verder?'

Hij reikte naar zijn rugzak en haalde er een kaart uit. Precies dezelfde kaart die zij eerder van de tafel had gehaald, opgevouwen en op de aanrecht gelegd. De zijne was veel vaker bekeken, het stugge papier was al zacht geworden. Hij vouwde hem open en liet zijn wijsvinger er overheen glijden. Hij had pezige handen, met brede duimen, een beetje vuil.

'Een mijl of drie.'

'Tegen die tijd is het aardedonker,' zei ze.

'Ja,' zei hij.

'Weten ze daar dat je komt?'

'Nee, ik heb nog niet gebeld.' Hij dacht even na. 'Meestal bel ik rond twaalven, als ik al een paar uur heb gelopen. Vandaag niet. Ik weet niet waarom.'

'Als het moet, kun je hier slapen,' zei ze. 'Als je wilt. Er is een divan in de werkkamer.'

De hond geeuwde.

'Sam vind het goed,' zei hij. 'Die ligt daar lekker warm.'

'Geregeld.'

'Woon je hier alleen?'

'Ja.'

Terwijl ze kookte, lag de jongen in bad. De hond had zijn warme plek verlaten en toen ze zachtjes de trap een stukje op liep, zag ze hem voor de dichte deur van de badkamer liggen. Hij hief zijn kop en keek haar opmerkzaam aan. Ze schudde haar hoofd en daalde weer af, de hond kwam achter haar aan. Vreemd, hoe gemakkelijk de jongen en de hond zich naar dit huis voegden. Ze stopte nog een paar houtblokken in de kachel in de woonkamer. Roerde in de pan met soep. De hond ging tegen het kooktoestel aan liggen. Ze trok een fles rode wijn open. De klok tikte vinnig, de ganzen klokten zachtjes.

29

'Ik ben bezig een nieuwe langeafstandspad in kaart te brengen,' zei hij. 'Te maken, eigenlijk. In het zuiden hebben ze het Pembrokeshire Coast Path. Nu willen ze hier in het noorden ook een pad.' Hij had een aantekenboekje uit zijn rugzak gehaald. 'Ik schrijf alles op, alles wat ik zie, markeringspunten. Soms is een dag werk voor niets omdat ik doodloop.' Hij had zijn haar gewassen, zag er heel anders uit dan eerder op de dag. Het was of er een gloed om zijn hoofd hing.

'Hoe lang doe je daarover?'

'Dat weet ik niet. Ik heb alle tijd.'

'Hoe kan dat?'

'Ik ben gestopt met studeren. Vond ik niets meer aan.'

'Hoe lang ben je al onderweg?'

'Anderhalve week.'

Hij had de hond brokken gegeven, uit een plastic zak.

Sam had zijn eten binnen drie minuten op. Er stond een pan soep op tafel. Brood, bietensla, boter en kaas.

'Ik moet ook met boeren praten, toestemming vragen. Boeren en huiseigenaren. Eigenlijk zit ik nu dus ook te werken.'

'Het pad loopt bijna een halve mijl over mijn oprit.'

'Dat bedoel ik.'

Ze schonk hem nog een glas wijn in. Hij had de eerste twee glazen gulzig gedronken, en nu begon hij weer meteen te drinken. 'Ben je bang dat iemand anders het opdrinkt?' vroeg ze.

'Ik drink wat jij schenkt.'

'Hoe oud ben jij eigenlijk?'

'Twintig.'

'Wat studeerde je?'

'Ben ik vergeten, het was saai.'

'Je wilt het niet zeggen.'

Hij lepelde zijn kom leeg. Hij bracht niet de lepel naar zijn mond, maar zijn hoofd naar de kom. 'Lekker.'

'Hoe is het met je pols?'

'Niets aan de hand.'

'Wil je nog meer?'

'Nee, ik heb genoeg.' Hij leunde achterover, stak beide armen omhoog en rekte zich uit door met de ene hand aan de andere pols te trekken. Zijn verwassen T-shirt schoof omhoog, in de linkeroksel zat een gat. 'Niet dat je kunt weigeren, trouwens,' zei hij toen.

'Wat?'

'Feitelijk kun je niet weigeren. *Right of way*, heet dat. Het pad waarover ik vandaag liep, bestaat al. Het staat ook op de kaart. Jij mag niemand weigeren over het pad te lopen.'

'Ik heb hier nog nooit iemand zien lopen. Ik ben de enige die het pad gebruikt.'

'Het was raar ja, vandaag. Vanaf een bepaald punt wás het pad er ineens, terwijl ik daarvoor keer op keer fout liep.'

'Ik loop erover naar de steencirkel.'

'De steencirkel.'

'Ja, je bent er dwars doorheen gegaan.'

'Niks van gemerkt.'

'Het was mistig.'

'Ik lust nog wel een glas wijn.'

Ze moest opstaan om een nieuwe fles te pakken. De hond was meteen alert. Het was warm in de keuken, het raam was beslagen. Ze rook de oudewijvenlucht weer, schudde haar hoofd om hem kwijt te raken. De jongen en zeker de hond hadden ook hun geur en de deksel lag niet op de soeppan. Een pan, trouwens, die van de weduwe Evans was geweest. Ze ontkurkte de fles. 'Waar kom je vandaan?'

'Ik ben geboren in Llanberis. Jij?'

'Rotterdam.'

'Nooit geweest.'

'Ik ook niet in Llanberis.' Ze probeerde de *ch* precies zo uit te spreken als hij.

Nadat ze de tweede fles wijn hadden opgedronken, had ze er genoeg van. Ze was doodmoe, ze had behoefte aan paracetamol en ze wilde in bad, ze had de hele tijd in haar vuile kleren aan tafel gezeten, terwijl hij er frisgewassen en schoongekleed bij zat. Ze had hem een paar keer nadrukkelijk Bradwen genoemd, om te wennen aan de naam en alsof hem dat was opgevallen, noemde hij haar steeds

Emily. Of was het andersom? Was zij begonnen een zin af te sluiten met zijn naam omdat hij haar steeds bij de naam noemde? Zelfs terwijl hij 'Emily' zei, verwachtte ze almaar dat hij iets belangrijks ging zeggen, haar aankijkend met die loens, waarachter ze ook al meer vermoedde dan wanneer hij normaal had gekeken.

'Ik zal de open haard in je kamer aanmaken. Daarna ga ik in bad en naar bed.'

'Goed,' zei hij.

'Er liggen daar boeken. De meeste in het Engels.'

'Ik heb zelf een boek bij me. Mag Sam daar ook slapen?'

'Van mij wel. Ik leg een kleed voor hem op de grond.'

De hond stond al in de doorgang naar de woonkamer.

'Ik laat hem nog even uit.'

'Tot morgenochtend.'

'Welterusten,' zei hij. Hij trok zijn jas aan en volgde de hond. Nadat hij de buitendeur had dichtgetrokken, blafte Sam een paar keer fel.

Ze ging naar boven en maakte de open haard aan. Ze keek om zich heen, of er misschien nog dingen weggeborgen moesten worden, en haalde een dekbedovertrek uit haar slaapkamer. 'Ja,' zei ze tegen het portret van Dickinson, na het opmaken van de divan. 'Ja, dat is andere koek, straks.' Daarna ging ze de badkamer in en drukte twee paracetamol uit een strip. Ze had in een paar weken tijd de vijf doosjes die ze gekocht had er al bijna doorheen geslikt. Het eerste wat ze deed in de ochtend was een pijnstiller innemen. Ze vermeed het zichzelf aan te kijken in de spiegel, wat niet moeilijk was omdat die beslagen raakte door het vollopen van het bad. Even later lag ze in het warme water en dacht aan niets. Ze hoorde de jongen en de hond de trap op komen. De deur van de studeerkamer werd dichtgetrokken. De hond blafte, hield daar meteen mee op nadat de jongen hem tot stilte had gemaand. 'Niet nog een keer,' zei ze zacht tegen haar tenen. 'Zeker niet nu, Emilie uit Rotterdam.' Ze wreef met beide handen over haar buik, minutenlang, en daarna haalde ze, bijna verbaasd, een hand door haar haar, dat heel kort was.

30

De volgende ochtend stond ze tamelijk vroeg op. De deur van de werkkamer was dicht, nergens in huis enig geluid. Ze zette koffie, dekte de tafel, legde er voor het eerst een tafelkleed overheen. De mist was 's nachts opgetrokken, er scheen een druilerig zonnetje. De aanblik van de anderhalve ongeknotte els maakte haar op slag moe. Hij zou weggaan, zij zou het alleen moeten doen. Ze ging zitten, met haar handen naast haar lege bord. Hij kwam niet van boven, hij kwam van buiten en nam de geur van bitter blad mee het huis in. De hond begroette haar enthousiast. Ze zag nog steeds een turner in hem, niet zo'n grote die aan de ringen hangt, nee: een rankere, zo een die de vloer als beste onderdeel heeft. Hij trok zijn jas uit en hing die over de rugleuning van de stoel waarop hij ging zitten, tegenover haar.

'Goedemorgen,' zei hij.

'Goedemorgen,' zei ze.

'Ik was bij de steencirkel. Hij is echt. Dit stuk komt zeker in de route.'

'Zijn er ook onechte dan?'

'Natuurlijk. Boeren hadden ook weleens niets te doen.'

'Nog dassen gezien?'

'Nee. Die zie je alleen 's nachts. Sam rook er ook niets.'

Ze trok een sok uit en stak haar voet schuin onder de tafel door in zijn richting.

'Wat is dat?'

'Een litteken.'

'Ja, dat zie ik. Hoe komt dat?' Hij reikte met een hand naar de voet, en voor het eerst sinds de beet voelde ze het in haar vlees dringen van de tanden. Vlak voor hij haar voet werkelijk aan zou raken, trok hij zijn hand terug.

'Een das. Overdag.'

'Dat kan niet.'

'Wil je zeggen dat ik lieg?'

Hij keek haar aan, met die vreemde, licht wijkende ogen. Gisteravond was het erger geweest, het loensen. Waarschijnlijk door de wijn. 'Nee,' zei hij.

Haar bovenbeen begon te trillen, ze zette haar voet op de grond en trok de sok aan. Ze schonk koffie in. 'Goed geslapen?'

'Ja. Met het geluid van de beek.' Hij begon te eten. De hond zat naast zijn stoel en keek hem ononderbroken aan, de kop een beetje schuin. 'Jij krijgt zo, Sam.'

Ze smeerde een snee brood, belegde hem en keek ernaar. Slikte. 'Ga je straks weer?'

'Ja.'

Koffiedrinken dan maar, dat ging altijd wel. In stilte at de jongen, de hond staarde het brood uit zijn mond. Bradwen keek afwisselend naar zijn bord, uit het raam en naar de hond. Eén keer keek hij kort naar de klok. 'Ik wil vandaag naar Snowdon,' zei hij. 'Heb je een voorstel?'

'Een voorstel?'

'Hoe ik er het mooiste kom?'

'Kan je daar in één dag heen lopen?'

'Makkelijk. Ik ga er niet op, ik ga naar de voet.'

'Die kant ben ik nog nooit uit geweest.'

'Hoe lang woon je hier al?'

'Een maand of twee.'

'Is het tijdelijk?'

'Nee. Voorgoed.'

'Goh.' Hij was klaar met eten, wreef in zijn handen, die ondanks het bad van gisteravond nog steeds een beetje vuil waren. 'Nu jij, Sam.' Hij schudde wat hondenbrokken in de bak die voor het kooktoestel stond. 'Ik haal mijn spullen van boven en dan ga ik.'

'Goed,' zei ze.

Tien minuten later stonden ze bij de hoek van het huis. Het gras was nat, de deur van de oude varkensstal stond open. De elzenstammen lagen te glimmen tegen het tuinmuurtje. De jongen schudde haar de hand. 'Heel hartelijk bedankt,' zei hij. De hond liep langs het prikkeldraad, snuffelde en blafte. De ganzen stonden in de andere hoek van het veld.

'Graag gedaan.' Ze hield zijn hand nog even vast. Iets zeggen nog zou nu niet raar zijn, maar ze wist niet wat. Hij had zijn muts opgezet, hoewel het niet koud was.

'Ik ga Sam bij die ganzen weghalen.'

'Daar bij de bocht loop je rechtdoor, ik heb een tijd terug de kissing gate vrijgemaakt.'

Voorzichtig trok hij zijn hand los. '*See you,*' zei hij. Hij liep weg, floot naar de hond, die nu heen en weer rende langs de prikkeldraadafscheiding. Ze zag alleen nog zijn benen, af en toe een elleboog. Man en hond, man met losse benen, die een stuk leisteen voor zich uit schopte. Vlak voor hij door de kissing gate ging, rende Sam naar hem toe. Er piepte niets, ze had de scharnieren goed gesmeerd. Hij was weg. Nog één keer blafte de hond.

Ze liep naar het ganzenveld. De vogels kwamen op haar af. Vier. Dat moest gebeurd zijn op de avond dat ze naakt en op haar knieën naar de sterren had gekeken, ze had dus een week lang niet naar de ganzen omgekeken. Ze rende naar het huis en pakte de homp brood die nog over was van de aanrecht. Ze rende terug en plukte kleine stukken van het brood die ze over de prikkeldraadafscheiding wierp. Ze keek naar het hok dat ze gemaakt had. Het kippengaas dat de ingang moest bedekken, stond nog steeds af. Misschien kropen ze er 's nachts wel in, en dan nog waren ze niet veilig. Nu ze met het brood in haar handen stond en de aandacht van de ganzen had, herinnerde ze zich dat ze op de dag waarop ze de beesten in het hok had proberen te krijgen, toen ze nat en doodmoe op haar zij in het gras lag, het idee had gekregen ze te lokken met brood. De dag erop was Rhys Jones langsgekomen en hij was er de schuld van dat ze niet meer naar de vogels had omgekeken. Hoe heb ik dat kunnen laten gebeuren? vroeg ze zich af. Beesten waar ik verantwoordelijk voor ben aan hun lot overlaten omdat ik iemand een rotzak vind? Waar blijft hij eigenlijk? Het is al december en november is de slachtmaand. Waarom komt hij niet? Ze liep naar het hek en ging het ganzenveld op. De vogels waren haar gevolgd. Pal voor het hok strooide ze wat brood uit. Ze vertikten het, alsof ze wisten dat ze voor de gek gehouden werden. Ze bleven op ruime afstand staan. Ze zuchtte, liep terug naar het hek. Toen ze dat met het touw weer vastgebonden had, renden de ganzen op het hok toe en begonnen het brood naar binnen te schrokken. 'Godverdomme,' zei ze, zacht. 'Eigenwijze rotbeesten.' Ze keek naar het gat in de eikenrij, naar de kissing gate. Langzaam liep ze terug naar het huis. In de keuken stonden de ontbijtspullen nog op tafel. Ze pakte zijn bord op en rook eraan, daarna zette ze zijn koffiekop aan haar lippen. Het was nog nooit zo leeg geweest in dit huis. Ze bedacht zich geen moment, pakte haar tas en rende naar de auto.

31

Door het hele huis was muziek te horen, een grote radio-cd-speler stond op een dressoir in de keuken. Vlak achter de voordeur stond de doos met de tv. Die kwam later wel. Op de tafel lagen kleurpotloden en viltstiften. Ze deed de afwas, neuriede liedjes die ze kende mee en dacht aan één stuk door: *see you*, niet *goodbye. See you*, niet *goodbye.* Dickinson had het kunnen dichten, of nee, die zocht het vaker in een afwisseling van acht en zes lettergrepen. De kleine stukjes die ze eerder die ochtend gerend had, voelden aan als een marathon. Ze liet de pan waarin ze melk had gekookt in het sop zakken en staarde naar buiten. De werkkamer. Ze was nog niet in de werkkamer geweest. Haastig droogde ze haar handen en liep de trap op. Aan hoe het dek op de divan lag, kon ze zien hoe hij opgestaan was: met een zwaai had hij het overtrek van zich af gegooid en later niet rechtgetrokken. Ik moet even rusten, dacht ze. Ik ben moe. Ze trok haar kleren uit en ging op de divan liggen. Het was fris in de werkkamer, het vuur in de open haard was allang uit. Het overtrek schuurde langs haar tepels. Het zoet en het bladbitter dat ze eerder aan hem geroken had, kwamen samen aan de bovenrand van de stof. Ze trok het dek over haar hoofd en liet haar handen over haar buik gaan.

Later, nadat ze haar kleren had aangetrokken en vuur had gemaakt in de open haard, doorzocht ze de kamer. Was er iets verschoven aan het stapeltje boeken op het salontafeltje, had hij misschien iets geschreven op de lege vellen papier die op de tafel lagen, naast de opengeslagen dichtbundel van Dickinson? Ze wist niet meer of ze de bundel zelf op deze pagina's open had laten liggen. A COUNTRY BURIAL. Als, dacht ze, áls hij hier gestopt was met bladeren en lezen, dan...

Ze ging zitten, staarde uit het raam, want ze wist niet wat er na 'dan' kwam. De zee was weer eens te zien, over de toppen van de inmiddels vrijwel kale bomen. Maar ver, heel ver. Ze herinnerde zich iets, ook vaag en ver weg, en stond op om een kartonnen doos met onuitgepakte boeken te doorzoeken. Ze wist bijna zeker dat de biografie van Habegger op de docentenkamer in Amsterdam stond, maar het boek zat toch in de doos. Ze ging aan de werktafel zitten en liet de bladzijden langs haar vingers gaan. Op bladzijde 249 – op deze plek leek het boek als vanzelf open te blijven liggen – een dikke rode streep onder *since nothing is as real as "thought and passion", our essential human truth is expressed by our fantasies, not our acts.* Over een boek dat

Dickinson gelezen had toen ze eenentwintig was, en dat haar gevormd zou hebben, net als die hoestbui van een achteroudoom, en allerlei andere futiele voorvallen. Een halve zin in een veel te dik boek dat vol stond met aannames en theorietjes. Die Habegger was een oud wijf, en toch schreef ze de tekst over onderaan de pagina's waarop de dichtbundel open lag, een beetje angstig, een leeg gevoel in haar maag, voor ze de biografie dichtsloeg. Niet alleen leeg, ook pijn, die vandaag hoger dan anders leek te zitten, in haar hals, in haar achterhoofd. Ze liep naar de badkamer en nam twee paracetamol in. Bijna moest ze naar de huisarts, veel langer kon dit niet duren zo. Ze vroeg zich af of ze het kon. Tot gisteren was ze er vrijwel zeker van.

32

In de middag prikte ze bamboestokken in het gazon. In de varkensstal had ze een stevige lat gevonden die een meter of twee lang was en die gebruikte ze als meetlint: drie keer de lengte het gazon in en één lat breed. Ze maakte er een rechthoek van door draad tussen de stokken te spannen. Traag begon ze het gras af te steken, dacht nog niet aan het afplaggen, rekende uit dat het twaalf vierkante meter was. Af en toe rechtte ze haar rug, hief haar hoofd naar de zon. Ineens stak een hond zijn kop tussen haar benen door.

'Hij kon je niet missen.'

Ze draaide zich om. De jongen stond naast de varkensstal, een schouder tegen de muur. De hond vond het blijkbaar al weer gewoon hier te zijn, scharrelde rond bij de olietank, verdween achter het huis.

'En nu hij je gezien heeft, vertrekt-ie weer.' Hij kwam niet van zijn plek. 'Ik niet, hoor.'

'Wat is er gebeurd?'

'Niets. Het lukte me niet een slaapplaats te regelen. Alles is dicht hier in deze tijd van het jaar.'

'Ben je helemaal naar de berg gelopen?'

'Nee. Anders had ik niet nu al terug kunnen zijn.' Hij stak een papieren zak in de lucht. 'Ik heb iets lekkers meegenomen.'

'Van de bakker in Waunfawr?'

'Ja. Hij was al dicht toen ik er voor de tweede keer langskwam, maar de bakkersvrouw was bezig in de winkel. Je moet de hartelijke groeten hebben.'

'Hoe weten zij dat jij hierheen kwam?'

'Dat vroegen ze. Ze vroegen waar ik vandaan kwam en waar ik naartoe ging.'

'En dat vertelde jij ze?'

'Natuurlijk. Waarom niet? De bakkersvrouw stopte Sam ook nog wat toe. "Een hond voor de Nederlandse," zei ze. "Dat is fijn".'

De hond begon te blaffen, waarschijnlijk tegen de ganzen.

'Sam heeft het hele stuk terug voor me uit gelopen. Alsof hij precies wist waar we heen gingen.'

'Kan jij tekenen?'

'Ja. Hangt er vanaf wat.'

'Een tuin?'

'O, een ontwerp? Welja, waarom niet? Als ik genoeg papier heb.'

'Kan je een tv aansluiten?'

'Dat lijkt me wel.' Hij keek naar het dak van het huis.

'Een antenne. Dan zal er ergens een kabel uit de muur komen, of door een raamkozijn.'

'Spitten en kruien?'

'Natuurlijk.'

'Een lam bereiden?'

'Dat zeer zeker. Met knoflook en ansjovis.'

'Je mag nog wel een dag blijven.'

Hij knikte en maakte zich eindelijk los van de muur van de varkensstal.

'Ansjovis?'

'Dan hoef je er geen zout over te strooien.'

'Je hebt natuurlijk sinds vanochtend geen koffie meer gedronken?'

'Nee. Als hier ooit een langeafstandspad komt, moet in de gids vermeld worden dat de wintermaanden minder geschikt zijn. Of helemaal niet.' Hij gebaarde naar de varkensstal. 'Je zou er een Bed & Breakfast van kunnen maken.'

'Kom,' zei ze.

'Sam!' riep hij.

De lichtbruine koeien waren zonder dat ze het gemerkt had naar de tuinmuur gekomen. Ze stoven weg toen de hond om de hoek van het huis gerend kwam. De zon ging bijna onder, de werkdag zat er wel op.

33

De man verzette zijn voet. De klomp gips was zwaar en onhandig, een stoeltje wankelde. Zijn krukken leunden tegen de muur. Het café was halfvol, veel stelletjes met hun hoofden dicht bij elkaar, de mannen met een biertje voor zich, de meeste vrouwen een glas cola. In een hoek stond al een plastic kerstboom, boven de bar hingen sparrentakken met lichtjes.

'Hoe is het gebeurd?' vroeg de agent.

'Een doos met boeken.'

Ze dronken van hun bier.

'Ik ben iets te weten gekomen waardoor ik toch wel graag zou willen dat ze opgespoord wordt.'

'Wat?'

'Ach.' De man zette het glas weer aan zijn mond.

'Aan de politie heb je niets,' zei de agent. 'Ze is zelf weggegaan. Er is geen enkele aanwijzing dat iemand haar tegen haar wil vasthoudt.'

'Wat moet ik dan doen?'

'Huur een privédetective in.'

'Een privédetective? Bestaan die echt?'

'Heb jij enig idee hoe vaak een beroep gedaan wordt op zulke mensen?'

'Blijkbaar niet.'

'Kijk maar eens op internet.'

'Heb jij geen tip?'

'Nee, ik heb geen tip. En als ik die wel zou hebben, zou het niet mogen.'

'Is het duur?'

'Nogal. Vaak boeken ze wel snel resultaat.'

De man wees naar het lege glas van de agent.

'Ik haal wel. Jij kan nauwelijks lopen.' De agent stond op en haalde twee bier aan de bar. Hij zei iets tegen de barkeeper, ze lachten, daarna slalomde hij terug naar hun tafel.

'Ben jij getrouwd eigenlijk?' vroeg de man.

'Nee. Ik ben met een collega.'

'Ga je weleens... Heb jij weleens een ander?'

'Natuurlijk. Dat is in onze kringen doodnormaal.' De agent keek hem recht aan. 'Waarom wil je weten of ik weleens een ander heb?'

'Gewoon, mannen onder elkaar.'

'Valt dat even tegen. Jij had dus vriendinnen?'

'Een vriendin, ja. Eén. Maar zij deed het ook.'

'Is er dan een probleem? Jullie doen daar altijd zo moeilijk over.'

'Ja, dat is misschien wel zo. Vrouwen zijn anders dan mannen.'

'Welnee. In welke zin dan?'

'Als die vreemdgaan, is er toch echt wel wat aan de hand.'

'En met jouw vrouw was dus echt iets aan de hand.'

'Ja.'

'Heb je zin in bitterballen?'

'Ja.'

'Dan bestel ik die even.'

'Waarom zitten wij hier?'

'Wat bedoel je?'

'Waarom ga je met mij om?'

'Aart! Een portie bitterballen!' riep de agent.

De barkeeper knikte. Er kwamen steeds meer mensen het café binnen, ze namen vocht mee. De ramen besloegen.

De man leegde zijn glas bier.

'Waarom ga jij met míj om, dat kan ik jou ook vragen,' vroeg de agent.

'Ik vond je een aardige vent.'

'Dat ben ik ook. Heb je trouwens geprobeerd die student te pakken te krijgen?'

'Nee. Ik ken daar op die universiteit niemand. Wat heeft het voor zin? Ik kan me zo voorstellen dat hij er geen colleges meer volgt.'

'Vertrokken.'

'Misschien wel naar zo'n oosters land, India, om zichzelf of de waarheid te vinden.'

'O, zó een. En dan in een of ander smerig hol eindigen, op een matras op de vloer, geen Imodiumpillen meer. En in het kamertje ernaast de hele dag een krijsend kind.'

'Ja. Misschien wel. Dank je.'

'Graag gedaan.'

'Mijn schoonmoeder vindt het raar dat ik met jou bier ga drinken. Die vindt dat je mij in de gevangenis had moeten stoppen. Is die barkeeper er ook één?'

'Ja.'

'Hm.'

'Aart! En nog twee bier!'

'Er is iets in haar wat ik nooit begrepen heb. Iets waar ik niet bij kan komen. Het verbaast me bijvoorbeeld niet echt dat ze weg is.'

'Wat ben je te weten gekomen? Dat je haar nu wel als vermist op zou willen geven?'

'Ze is ziek.'

'Ziek.'

'Misschien wel heel ziek.'

'En nu is ze als een kat weggekropen of weggelopen?'

'Ja, misschien wel. In elk geval bij mij weg. En bij haar ouders.'

De barkeeper zette twee glazen bier op het tafeltje. 'Bitterballen komen zo,' zei hij. Hij legde kort een hand op de schouder van de agent.

‘Dat is ellendig.’

‘Aan het einde van het vorige studiejaar is ze iets begonnen met die student.’ Hij keek om zich heen. ‘Misschien omdat ze ziek was.’

‘Bij wie jij zijn lul af wilde snijden.’

‘O ja, sorry. Dat wist je al. En we hadden het net al over hem.’

‘Ik zei dat dat niet mocht.’

De man keek de agent aan. ‘Nu snap ik pas dat dat komisch was. Voor jou.’

‘Dat was helemaal niet komisch.’

‘Nee, natuurlijk niet. Maar ik was kwaad.’

‘Terwijl je zelf niet veel beter bent.’

‘Ja. Nu ben ik niet kwaad meer. En ik wil begrijpen waarom ze het deed.’

Een meisje zette een bordje met bitterballen tussen hen in. ‘Kijk uit, heet,’ zei ze.

‘Dank je,’ zei de agent.

‘Het is niet eens wát ze gedaan heeft,’ zei de man. ‘Maar dát ze het gedaan heeft. Dat iemand dingen doet, geheime dingen, dingen waar je, ik in dit geval, helemaal buiten staat.’

Ze aten een bitterbal.

‘Ga als je thuiskomt internet op,’ zei de agent. ‘Zoek er een uit, en bel.’

‘Ja.’

‘Je hebt echt geen idee waar ze zit?’

‘Nee. In het buitenland, denk ik.’

‘Waarom denk je dat?’

‘Hoe lang kan je je hier verschuilen?’

‘Wie weet zit ze om de hoek. Hoe dichter bij, hoe verder weg.’

'Dat is ook weer zo.'

'Dus jouw schoonmoeder zag jou wel in de gevangenis zitten.'

'Ja. Die denkt ook dat het allemaal mijn schuld is.'

'En je schoonvader?'

'Die zegt "nee", "ja" en "ach mens". Die maakt zich niet zo druk.'

Ze aten zwijgend de rest van de bitterballen, spoelden de hitte van hun tong met het bier.

'Nog even dansen?' vroeg de agent.

'Jezus, man.'

'Hoe lang gaat dat duren?'

De man keek naar zijn gipsvoet. 'Een week of drie. Het waren haar boeken.'

'Ha.'

Het werd nog drukker in het café, rumoeriger. De barkeeper gebaarde naar de agent op een manier die de man niet begreep. Hij stond op, pakte zijn krukken. 'Ik ga, voor het zo druk is dat ik er niet meer doorheen kom.'

'Hou me op de hoogte.'

'Dat doe ik.'

Ze gaven elkaar een hand. Onderweg naar de deur rekende de man alles af en toen hij zich bij het verlaten van het café omdraaide, zag hij de agent aan de bar zitten. De barkeeper keek hem na. Het regende. Hij hompelde naar de tramhalte en probeerde zich een privédetective voor te stellen. In de reclamebak hing een schaatser met alleen een hemd aan, hij maakte reclame voor brood. Een taxi reed veel te hard over de trambaan, een gulp water sproeide het gips van de man nat.

34

'Rotterdam,' zei Bradwen. 'Is dat een fijne stad?'

'Nou,' zei ze. 'Niet echt. Lelijk, eigenlijk.'

'Zit je daarom nu hier?'

Ze keek hem aan. Zijn haar zat in de war, hij kwam net van de divan, en niet eerder had ze zó graag een hand erdoorheen willen halen. Ze had al gemerkt dat hij soms op een bepaalde manier kon zuchten, en als hij dat deed, was het bijna onmogelijk niet zijn hoofd aan te raken. De hond leek dat zuchten van hem overgenomen te hebben. Natuurlijk ging hij dingen vragen, mensen praten nu eenmaal. Misschien moest ze hem voor zijn. 'Ach,' zei ze in het Nederlands en schonk koffie in.

'Dat vind ik een mooi woord,' zei hij.

'Ach?'

'Ja. Wij hebben niet zo'n woord. Waarmee we zeggen "hou je mond".'

'Eten,' zei ze.

Hij sneed brood. Een mislukte snee wierp hij in de richting van Sam, die voor het kooktoestel een vaste plek gevonden leek te hebben. Hij smeerde de boter dik en met grote bewegingen. De radio stond aan, de filemeldingen kwamen door. Terwijl hij at, tekende hij rondjes op een papier, afwisselend met een gele en een bruine viltstift. 'Wat gaan we doen vandaag?' vroeg hij.

'De tuin.'

'En de tv?'

'O ja, begin daar straks maar mee.'

'Goed.' Hij gaf haar een snee brood. 'Je eet niet.'

'Ik heb nooit veel gegeten 's ochtends,' zei ze.

‘Oké.’ Hij stond op. ‘Ik ga mijn tanden poetsen.’ De hond liep met hem mee naar boven.

Ze kwam overeind en ging voor het keukenraam staan. Het was weer mistig, en windstil. Goed weer om te werken, maar ze moest zich vasthouden aan het aanrechtblad. Ze stak de twee kaarsen in de vensterbank aan en neuriede mee met de radio. Het kooktoestel verwarmde haar. Het water liep door de leidingen, de kraan boven werd dichtgedraaid, wat een luide klap door het hele leidingensysteem gaf. De jongen en de hond kwamen naar beneden. Ze hoorde hem de voordeur openzetten. ‘Ga jij maar grijze eekhoorns vangen,’ zei de jongen. Voor hij de keuken in kwam, veegde ze met de rug van haar hand langs haar wangen.

‘Grijze eekhoorns?’ vroeg ze.

‘Immigranten, die hier de dienst overnemen.’

‘Net als ik.’

‘Ja, jij bent ook een immigrant.’

‘Maar op mij stuur je de hond niet af.’

‘Natuurlijk niet.’ Een bittere tandpastageur hing om hem heen. ‘Woonkamer?’

‘Ik denk het.’

Hij liep de keuken uit. Rhys Jones was niet serieus te nemen geweest op sokken, bij Bradwen ging dat niet op. Het waren van die bergschoensokken, blauw en grijs, met een L en een R. Ze hoorde hem door de kamer lopen, waar ook overdag de staande lamp brandde. Van buiten kwam geblaf, in de verte, zo te horen van voorbij de beek. ‘Ik heb ’m!’ riep de jongen.

Ze ging de woonkamer in. Hij stond in een hoek, met in zijn hand een kabel die daar uit het plafond kwam.

'Nu is het nog even spannend of er in de tv een aansluiting zit die past,' zei hij.

Ze moest gaan zitten. De jongen in het gele licht van de lamp, blij met het vinden van de antennekabel, de houtkachel die ze eerder op de ochtend als een Assepoester, al blazend, had laten oplaaien zonder lucifers te gebruiken. Ze keek toe hoe hij de tv uit de kartonnen doos haalde en in de hoek zette, op de grond. Hij knielde neer, een been onder zich, het andere gebogen, met de knie omhoog. Hij prutste wat aan de achterkant van het toestel, tussen zijn broekrand en het opkruipende T-shirt verscheen een stuk onderrug. 'Dit is gelukt,' zei hij. 'Nu nog een stopcontact.'

'Daar.' Ze wees naar het dubbele stopcontact waar de stekker van de lamp in zat.

Hij stak de tv-stekker ernaast en zette het apparaat aan. Meteen kwam er beeld, een wilde zee, mensen in roeiboten rond wat de vleugel van een klein vliegtuig leek te zijn. '*Real Rescues*,' zei Bradwen. 'Elke ochtend van kwart over negen tot tien.'

'Geweldig,' zei ze. 'Doe maar weer uit.'

Hij zette het toestel af en stond op. 'Zal ik verdergaan met die bomen?'

'Als je dat zou willen doen. Ik vind het erg zwaar werk.'

'Natuurlijk wil ik dat doen.' Hij keek haar aan.

'Ga je ook nog dat pad afmaken?' vroeg ze.

'Ja. Dat is mijn werk, daar krijg ik voor betaald.'

'Maar niet morgen?'

'Als jij dat goed vindt. Ik heb de tijd aan mezelf.'

'Ik ook,' zei ze.

'Misschien kunnen we samen een stuk doen?'

'Ik zou heel graag eens die berg op willen.'

Hij ging de trap op. Even later kwam hij naar beneden met zijn jas aan en muts op. 'Gebruik ik een keukenstoel?'

'Ja, die staat er nog onder. Vergeten binnen te halen.' Ze bleef zitten op de bank, terwijl ze naast hem bij de voordeur wilde staan.

Hij trok zijn schoenen aan en ging naar buiten, riep de hond. Een golf koude lucht kwam de woonkamer in. Ze stak een sigaret op.

Na een tijdje stond ze op en stopte een blok hout in de kachel. Daarna ging ze de keukenvloer vegen. Op het grote kooktoestel stond een oude waterketel zachtjes te stomen. Zo nu en dan keek ze naar buiten. Soms stond Bradwen op de stoel te zagen, soms liep hij met een tak naar de stapel tegen het tuinmuurtje en verdween hij bijna helemaal in de nevel. De hond zag ze nergens. Ze vroeg zich af of hij gemerkt had dat zij op zijn divan had gelegen.

35

Ze zat op de bank in de woonkamer en keek naar *Escape to the Country*. Bradwen was boodschappen aan het doen met de auto, Sam lag aan haar voeten. Terwijl op het beeldscherm een opgewonden stel rondliep waarvan de vrouw '*I'll rather die than give up my cats*' riep, huilde ze, zonder geluid te maken. De houtkachel, het grote kooktoestel, de nieuwe tv en radio, de jongen en de hond, de tuin. 'Hond,' zei ze en Sam hief zijn kop, likte de rug van haar hand. Hoe had die Dickinson dat toch gedaan, zich terugtrekken, meer en meer, dichten alsof haar leven ervan afhing, en doodgaan. Leven in de geest, menselijke waarheid – of echtheid? – die uitgedrukt wordt door verbeelding en niet door daden. Ze nam een slok rode wijn. Altijd rode wijn, alsof dat hartversterkend was. Haar oom dronk vroeger elke avond een glas Pleegzuster Bloedwijn. Zou dat nog bestaan? '*Watch the cat,*' zei de vrouw op de tv. Ze liep een trap met afgrijselijke vloerbedekking op, zonder de kat die op een tree lag verder aandacht te schenken of hem te aaien. Nou ja, ze ging ervan uit dat haar oom elke avond een glas gedronken had, ze wist natuurlijk niet wat hij deed als zij daar niet was om het te zien. Ze vroeg zich af wat de jongen mee naar huis zou nemen, ze had hem een boodschappenlijst willen meegeven, daar had hij niets van willen weten. Geld dat ze hem geven wilde, nam hij ook niet aan. Aan haar man dacht ze vluchtig, ze zag hem kort voor zich: hij knoopte zijn hardloopschoenen stevig aan, rechtte zijn rug en trok de deur open. Weg. Zou hij nu rustig thuis zitten, een biertje drinken, denken: die komt wel terug? Ze nam nog een slok wijn en stak een sigaret op. Hier, dacht ze. Ik ben hier. Nu. De Engelse vrouw stond inmiddels in een tuin met uitzicht op een weiland. '*I can imagine myself living here, dogs in the garden and a horse in the shed over there.*' Kutwijf, dacht ze.

Sam haalde zijn kop van z'n voorpoten en keek naar de deur. Even later hoorde ze de auto, een portier dat dichtgeslagen werd, voetstappen op het leisteengruis. Ik begrijp niet, dacht ze, dat ik het hier wekenlang alleen heb uitgehouden.

'Zit je weer te roken?' Bradwen duwde de hond met een knie van zich af.

'Ja,' antwoordde ze. Ze huiverde bij het zien van de openstaande buitendeur.

'Dat is slecht voor je.'

'Ik weet het.'

'Vis,' zei hij. 'Ik heb vis gekocht en daar ga ik iets lekkers van maken.'

Vis, dacht ze. Ik moet overstappen op witte wijn.

Bradwen roerde in een pan die op het kooktoestel stond. Sam had brokken gekregen en hield het nu verder voor gezien; hij lag zachtjes te snurken in de woonkamer, op het kleed voor de houtkachel. Ze keek naar de rug van de jongen. Tekende afwezig rondjes op het stuk papier waarop hij eerder rondjes had getekend. Met een blauwe viltstift. Ze had de tafel al gedekt. 'Hoe heet jij eigenlijk met je achternaam?' vroeg ze.

'Jones.'

'Heet iedereen hier Jones?'

'Ja. Jij?'

'Zeg ik niet,' zei ze.

Hij draaide zich om, glimlachte.

'Wat maakt het uit?' vroeg ze.

'Niets.' Hij roerde rustig door. Ze stond op en liep om de tafel heen, ging naast hem staan. Hij keek even op en stak een wijsvinger in de saus. Hij stak haar de vinger toe en zonder verder na te denken likte ze de saus er af. Ze knikte. Hij knikte ook, roerde verder. Het was of hij hier al wekenlang gekookt had. Ze pakte het doosje lucifers van de vensterbank en stak de twee kaarsen aan. Van het dressoir pakte ze een kandelaar en zette die midden op tafel, stak ook die kaars aan. Toen ze weer ging zitten, hoorde ze het vinnige tikken van de klok.

'Er is hier op een dag een man gekomen die Rhys Jones heette,' zei ze.

'Hm.'

'De schapen die op het stuk land bij de weg lopen zijn van hem.'

'Huur je dit huis?'

'Ja. Hij had met de vorige bewoonster allerlei regelingen. Hij vrat bijna een halve taart op en had gaten in zijn sokken.'

De jongen keek haar zonder enige uitdrukking aan.

'Ik verafschuwde hem. Hij gaat terugkomen, met een lam.'

'Nu ben ik er,' zei hij.

Ja, dacht ze. Nu ben jij er.

Bradwen zette pannen op tafel, haalde een schaal met vis uit de oven. '*Haddock.*'

Ze wist niet wat voor soort vis dat was, het maakte haar niet uit want het rook lekker en ze zou haar best doen zoveel mogelijk te eten. Sam kwam op de geur af, ging naast haar zitten, niet naast zijn baas. 'Waarom doet een hond dat?' vroeg ze.

'Hij weet dat ik hem niets ga geven. Jij bent nu een soort Alfavrouwtje.'

'Een Alfavrouwtje.'

'Honden denken dat wij ook honden zijn.'

'Ik ben een mens,' zei ze tegen de hond. 'Een vrouwmens.'

Sam hield zijn kop schuin en keek zo droevig mogelijk.

Bradwen schepte op. Aardappelen, broccoli, vis en saus. Ook schonk hij wijn in. Witte wijn. Hij proostte. 'Op Rhys Jones,' zei hij.

'Waarom?'

'Die gaat ons een lam brengen. Het is december.'

Het krampte in haar buik, ze kon hem niet in zijn ogen kijken. Ze prikte in de vis, nam een hap. Hij was boterzacht. Ze kauwde en slikte. Nam nog een hap.

'Lekker?' vroeg hij.

'Heel erg lekker,' zei ze, en boog haar hoofd.

'Wat is er?'

'Ach.'

Ze hoorde dat hij opstond, zag uit een ooghoek dat hij met een knie de hond opzij duwde, voelde een hand, een hele onderarm op haar rug, rook zijn adem. Ze drukte haar hoofd tegen zijn buik. 'Ik ben blij dat je er bent,' zei ze. Ze keek langs zijn broekspijpen naar de keurig geveegde keukenvloer. Een sok met een L en een sok met een R. Brede voeten.

'Ik ben hier,' zei hij.

'Waaróm ben je hier?' vroeg ze.

'Ach,' zei hij, of probeerde het te zeggen, een Welshe ch was geen Nederlandse ch.

Ze rechtte haar nek en pakte over haar schouder heen zijn hand. 'Eten,' zei ze. 'Het wordt koud.'

Bradwen liep om haar heen terug naar zijn stoel, onderweg legde hij haar hand naast haar bord. Sam zat een beetje verwilderd heen en weer te kijken. De jongen ging zitten, pakte zijn wijnglas op en stak het in de lucht. 'December,' zei hij.

Ze glimlachte. 'December.' Ze at haar bord leeg, dronk daarbij nog een glas wijn. Nu hij schonk, dronk hij veel minder gulzig.

'Ik ga vanavond beginnen in Emily Dickinson,' zei hij, met een vertraging tijdens het uitspreken van de voornaam.

Het gaf allemaal niet, hij mocht haar doorhebben. Mogelijk heette hij niet Jones. Misschien kwam er nog een moment waarop ze hem dat zou vragen, zou willen vragen. Ik geloof dat ik helemaal niets over hem wil weten, dacht ze. Hij moet hier domweg zijn.

36

Twee dagen later scheen de zon. Nadat ze een tijdje met haar rug tegen de varkensstal had gestaan, en leek te voelen dat de lichte stenen de warmte in zich opzogen, zei ze: 'Kom.' De rook van haar sigaret steeg loodrecht de lucht in, tussen de stammen in het bos langs de beek dreef waterdamp. De jongen zette de kruiwagen met een lading leisteengruis neer. Hij had de rechthoek op het gazon al afgestoken en die met elzentakken afgescheiden van het gras.

'Koffie?' vroeg hij. Hij had de muts naar achteren getrokken, zweet glom op zijn voorhoofd.

'Nee, we gaan een stukje lopen.'

Hij keek om zich heen. 'Sam!'

'Die kan niet mee. We zullen hem in huis moeten opsluiten.'

'Ik doe hem wel in de stal. Binnen breekt hij de boel af. Hij kan niet goed tegen alleen zijn.' De hond kwam aanrennen langs de olietank, Bradwen greep hem bij de halsband en sleepte hem de varkensstal in. 'Nu snel wegwezen,' zei hij.

Ze liep langs de tuinmuur naar de kissing gate.

'Klimmen we niet over de muur?'

'Dat kan ik niet.'

‘Zo oud ben je toch niet?’

‘Nee, ik ben zo oud nog niet. Heb jij enig idee hoe oud?’

‘Dat interesseert me niet.’

Ze gingen de kissing gate door en liepen langs de tuinmuur naar de balken over de beek. De lichtbruine koeien liepen aan de andere kant van het veld, een stuk lager. Uit de varkensstal kwam gejank. Bradwen bleef achter haar, zelfs op delen van het pad waar dat niet nodig was. Ergens reed een auto, ze kon niet uitmaken van welke kant het geluid kwam, het deed haar denken aan de stoomtrein, en aan de jongen op een houten bank ín die trein, naast haar. Ze klom over een stile en verwachtte elk moment een hand op haar hand, een knie tegen haar kuit. Bij de steencirkel rook het weer naar kokos. Ze vroeg zich af of dat de geur van de gaspeldoornbloemen was. Ze ging zitten op de grote steen en gebaarde naar de jongen dat hij naast haar moest komen zitten. Dat deed hij. ‘Hier lag ik,’ zei ze, ‘toen ik gebeten werd door de das.’

Hij snoof een beetje. Schoof heen en weer.

‘Je gelooft me niet, hè?’

‘Nee.’

‘Zit stil.’ Ze haalde het pakje sigaretten uit haar jaszak en stak er een op.

‘Wat doen we?’ vroeg hij.

‘Niet praten.’

Na het roken van een tweede sigaret gaf ze het op. ‘We gaan,’ zei ze.

‘Wat is er niet gebeurd?’ vroeg hij.

‘Telkens als ik hier zit, komt er een das half onder die struiken vandaan.’

'Overdag?'

'Ja, natuurlijk. Je denkt toch niet dat ik hier midden in de nacht ga zitten?'

'Ik heb nog nooit een das gezien. Een levende dan.'

'Ik wel. Ik zag hem al drie keer.'

'Hm,' zei de jongen.

'Kom.'

Bij de stile waar ze eerder een hand en een knie had verwacht, werd het wazig voor haar ogen. Kort daarop werd het donkerpaars en toen ze weer bij haar positieven kwam, bleek ze voorover tegen een dwarsbalk te leunen en stond de jongen tegen haar aan gedrukt, zijn onderarmen om haar buik geslagen. Ze zag dik gras, een hek van roestig prikkeldraad, boomstammen en halfvergane palen, modder. Ze hoorde Sam zachtjes janken, besefte vaag dat de hond waarschijnlijk heel hard jankte, maar dat de afstand tussen waar zij stond en de stal groot was, en ze hoorde een vogel opgewonden fluiten. Wat is dat voor vogel, dacht ze. Ik wil het weten. Geen tijd, geen tijd. Ze rook iets zuurs, een geur waarvan ze tot voor kort dacht dat het afgevallen blad was, of het hout, de plank waarop haar handen rusten. Ze voelde het lichaam van de jongen, dat tegen haar hele bovenlijf aan geplakt leek, hij ademde in haar nek, zijn onderarmen omklemden haar buik alsof hij bang was dat er iets uit haar zou vallen. '*There, there,*' zei hij, een aansporing tot kalmte, een soort Engels waarvan zij zou kunnen zeggen dat het – net als hij 'ach' niet kende in zijn taal – in het Nederlands geen vergelijk had. 'Daar, daar.' Ze wist niet of hij doorhad dat ze er weer was. Ik moet eten, dacht ze. Meer eten. Er bewoog iets in een boom, langs de stam gleed iets naar beneden. Een grijze eekhoorn stak het pad over. Hij bleef even zitten, rechtop, de kleine voorpootjes discreet tegen zijn borst gevouwen. Even leek hij haar aan te kijken, daarna hipte hij verder. Zou zo'n beestje denken dat ik een wat groot uitgevallen eekhoorn ben met een tweede eekhoorn op haar rug? Kijkt een eekhoorn naar mensen zoals honden dat doen? Ze rechtte haar rug niet, de jongen moest haar nog even zo vasthouden. Ze bleef de eekhoorn volgen tot hij een stuk verderop in een boom klom, dat ging allemaal zonder enig geluid. De vogel was stilgevallen. Ik moet hem wegsturen, wist ze ineens. Hij moet hier weg, dit kan niet. 'Ik val niet om,' zei ze.

De jongen trok zijn armen weg. 'Net viel je wel om.'

'Nu niet meer.'

'Kan je eroverheen klimmen?'

'Ik denk het wel.' Ze trok een voet op en zette die op de laagste balk. Mijn dassenvoet, dacht ze. De andere voet kwam ernaast. Dit ging wel lukken, en ze verplaatste een hand van de plank naar de paal. Toen ze aan de andere kant stond, licht hijgend, met haar gezicht naar hem toe, zag ze de zwarte runderen die ze gezien had op de dag dat ze naar het water gelopen was. Ze waren net zo zwart als zijn haar en van zijn haar zakte haar blik naar zijn ogen. Donkergrijs. Ze kon hem niet recht aankijken, nooit kon ze hem recht aankijken, altijd moest een keuze gemaakt worden tussen het ene of het andere oog.

37

Bradwen kookte weer. Hij deed het gewoon, leek er plezier in te hebben. Spaghetti had hij deze avond gemaakt, met een saus waarin in elk geval heel veel knoflook zat. 'Dat is gezond,' zei hij. 'Je moet zoveel mogelijk knoflook eten.' Het was in de middag hard gaan waaien, de wind trok nog steeds aan, op de radio was een stormwaarschuwing uitgegeven. Een tak van de klimstruik sloeg tegen het keukenraam. 'Die tak van de *Chinese Wisteria* moet eraf,' zei hij. Ze probeerde zich goed te voelen. Er was hier iemand die beslissingen nam, die zei wat er moest gebeuren, die haar – als dat nodig was – vasthield. Nog voor hij opschepte, vroeg hij waar de snoeischaar was en ging naar buiten, met een keukenstoel. Ze kon vaag zijn benen zien, beschenen door het licht van de twee kaarsen in de vensterbank. De hond was binnen gebleven, stond wel met opgeprikte oren voor het kooktoestel omhoog te kijken. Chinese Wisteria, dacht ze, dat helpt me niet echt veel verder. Vanuit de woonkamer klonk gefluit in de schoorsteen, de houtkachel loeide. Een fles rode wijn stond ontkurkt op de keukentafel.

'Je moet weg,' zei ze toen hij binnenkwam.

Zijn haar was één kant op gewaaid, in zijn hand hield hij een Wisteriatak.

'Naar een volgende Bed & Breakfast. En daarna weer een ander, op een dagtocht afstand.'

'Geen sprake van,' zei hij. 'Ik ga jou nu eten opscheppen en een glas wijn inschenken.'

'Morgen,' zei ze.

'Nee,' zei de jongen.

'Schep op dan. En schenk in.'

Hij legde de tak op de grond en schonk twee glazen wijn in. Bradwen glimlachte tijdens het eten. Hij zei niets, bleef steeds glimlachen, dronk wijn, schepte een tweede keer op, haalde eindelijk een hand door zijn haar, floot zachtjes naar de hond, wreef met een vinger in zijn oog, likte zijn mes af.

'Je neemt me niet serieus, hè?' vroeg ze.

'Nee.'

Ze zuchtte. Probeerde zich goed te voelen, wat een stuk makkelijker was na anderhalf glas wijn.

'Ik blijf,' zei hij.

'We zullen zien.'

'De tuin is nog lang niet klaar en ik neem aan dat je die voor een bepaalde datum af wilt hebben?'

'Waarom vraag je dat?'

'Ik heb zo'n gevoel.'

'Ik heb ook weleens een gevoel.'

'O, ja?'

'En die vermoeien me nogal. Schenk liever nog wat wijn in.'

De wind bulderde inmiddels rond het huis, de bamboe schraapte ondanks het snoeien tegen de buitenmuur van de keuken, zo nu en dan waaide er iets tegen de ruit. De hond was onrustig, hij sliep, maar trok met zijn poten en huilde jankerig.

Bradwen schonk haar bij. 'Hij droomt,' zei hij.

'Wat vond je trouwens van Dickinson?' vroeg ze.

'Niks.'

'Niks?'

'Ik heb er niet in gelezen. Van gedichten begrijp ik niets.'

'Nog een reden dat je gaat.'

Hij glimlachte weer, of nog steeds. 'Koffie?'

'Heb jij een telefoon?' vroeg ze.

'Ja.'

'Gebruik je die weleens? Ik heb hem nog nooit gezien.'

'Nee. Ik ken niemand.'

'Dat is onzin natuurlijk.'

Alsof de hond haar verstaan had, werd hij wakker en blafte één keer. Hij stond op en ging in de doorgang naar de woonkamer staan hijgen.

'Ik zou maar uitkijken als ik jou was,' zei de jongen. 'Hij vliegt je aan.'

'Heb jij een vader en moeder?'

Hij aarzelde kort. 'Natuurlijk.'

'Die ken je dan toch? Moet je ze niet af en toe bellen om te zeggen waar je zit, hoe het met je gaat?'

'Ik ben nu hier.'

Ze had enorme zin haar borsten vast te pakken, daar iets mee te zeggen. Bijna deed ze het, maar in plaats daarvan – haar handen gestuit in de beweging – gooide ze haar glas om en begon te huilen. De jongen deed niets, bleef zitten waar hij zat. Ze stond op en liep langs de hond naar de trap, toen ze hem passeerde, likte het beest de rug van haar hand. Ze liet het bad vollopen, kneep er een grote scheut badschuim boven uit, *Native Herbs*. De deur, de enige in het hele huis op de voordeur na die op slot kon, liet ze los. Ze trok haar kleren uit en stapte in het water. Uiteindelijk was dit toch de plek waar ze zich het best voelde, in heet water; het besef van haar lichaam, dat gaaf en ongeschonden leek, zeker nu er buiten een noodweer woedde. Ze zag de gangpaden in Dickson's Garden Centre voor zich, rijen rozenstruiken, en dacht aan bijen in het late voorjaar. Kom maar, dacht ze.

38

De ruit rinkelde. Net als ze dacht dat de laatste windvlaag de hardste was geweest, volgde iets later een nog groter geraas. Ze dook dieper onder het dekbed, de deur van haar slaapkamer kierde open, gerammel vanaf de overloop. Ze greep zich vast aan haar lichaam, omklemde haar borsten door de dunne stof van haar slaaphemd heen, stak haar handen tussen haar benen, trok haar knieën op, alsof ze zich schrap zette. Een inheemse kruidengeur kwam vrij. De wind raasde vanaf de Ierse zee, ze schudde haar hoofd om een beeld van een groot schip kwijt te raken, pinten bier en kroketten schoven over een bar, schilderijen hingen af van de muur, rouletteballetjes stuiterden over een rode vloerbedekking, een clown op een klein podium, aan de zijkant, brakend in de coulissen. Ze slikte, stelde zich Bradwen voor op een vierkant met een blauwe rand, waarop hij uitsluitend in schuine lijnen bewoog, in een korte broek, maar met zijn L- en R-sokken aan, een beetje afgezakt, hij draaide rondjes op zijn handen, ellebogen in de zij, aders in de hals gezwollen. Sam zat op een stoel aan de rand van het blauwe vierkant en blafte telkens wanneer zijn baasje door de lucht buitelde, leek te vliegen, en met strakke benen precies in een hoek landde, dan een arm stram omhoog stak, waardoor de oksel niet langer verborgen was. Boven het geraas uit kraakte iets, het was meer een scheuren, oud, levend hout dat loskwam uit de aarde.

Ze besefte dat ze niet aan vroeger dacht, geen enkele herinnering aan de man, de student, haar oom, kerstmis met de kaarsjes in de vorm van een Kerstman, zoet geurend. 'Ah,' deed ze, omdat dat kaarsje nu wel in haar hoofd zat, opgebrand tot aan het middel van de Kerstman, een plasje rood kaarsvet op het papieren kerstkleed, naast een bord met dungesneden rosbief en bloemkool met een kaassausje. Haar moeder die niet, nooit, van het eten kon genieten omdat ze angstvallig het kerststukje op de tv in de gaten hield. Ze overwoog uit bed te gaan. Beneden bij het kooktoestel zitten, roken? Thee zetten?

Ze schoot overeind, gooide het dekbed van zich af en stond op. Kort legde ze een hand tegen de ruit, ze voelde dat er druk op stond. Het werd even zwart voor haar ogen, ze was te snel omhooggekomen. De lichten in de verte flakkerden, of nee, takken zwiepten overal heen en weer, onttrokken de lichten aan het zicht op het aanzwellen en afnemen van de storm. Ze trok de deur verder open, liep op de tast – een hand zwaar steunend op de reling van de overloop – naar de trap. Daar beneden gloeide in de woonkamer de kachel na, een vaag rood schijnsel verlichtte de mat met WELCOME voor de buitendeur en de bergschoenen van de jongen, die naast de mat stonden.

Ze stak de twee kaarsen in de vensterbank aan en zette de waterketel op de warmste plaat. De afgeknipte bamboe raspte tegen de zijmuur, ergens klapperde een deur, de deur van de varkensstal, met het metalen bijgeluid van de ouderwetse klink. Het regende niet, de ruit was droog. Het water begon te koken, ze schonk een mok vol en hing er een theezakje in. Terwijl de thee trok, wreef ze over haar voorhoofd en slapen, over haar buik. Niets. Aan de buitenkant was niets. Ze nam het pakje sigaretten van de tafel en stak er een op. De thee was heet, ze brandde haar tong, vloekte zachtjes. Vlak nadat ze de sigaret uitgedrukt had, stak ze er nog een op. Ze zat op een stoel tussen de tafel en het kooktoestel en draaide haar hoofd in de richting van de klok. Het stormde zo hard dat het scherpe tikken niet te horen was. Het was tien over twee. Een ander soort tikken was het, het kwam uit de woonkamer en op het moment dat de hond in de doorgang naar de keuken stond, begreep ze dat het zijn nagels op de houten trap waren geweest. 'Hé,' zei ze. De hond liet zijn kop zakken en kwam langzaam op haar af, schuldbewust, al kon ze niet verzinnen waarom dat zo was. 'Kon jij ook niet slapen?' vroeg ze. Sam keek haar opmerkzaam aan, volgde kort de rook die uit haar mond kwam en legde toen zijn kop op haar knieën. Zijn zuchten deed de onderrand van haar slaaphemd trillen. Ze drukte de sigaret uit en legde een hand op zijn kop. 'Waar is het baasje?' fluisterde ze. De hond begon zachtjes te kermen.

39

De volgende ochtend was het volkomen windstil. Bradwen stond bij een omgewaaide eik die met zijn kroon over de beek lag. Hij trok aan een tak, in de andere hand hield hij de zaag al klaar. Eerder had hij de deur van de varkensstal die uit zijn hengsels was gewaaid opnieuw ingehangen. Ze keek naar hem, met haar buik tegen het kooktoestel gedrukt. Ze hield de mok waaruit ze uren geleden thee had gedronken onder de kraan en gaf de drie bloeiende plantjes in de vensterbank water. Sam rende over het gazon, met een tak in zijn bek. De lichtbruine koeien stonden langs de tuinmuur en keken toe, schichtig en nieuwsgierig. Ze veegde met een platte hand wat broodkruimels van de aanrecht en snoof kort. Was het nou de keuken die naar de oude vrouw rook of zat het toch in haarzelf? De koffiepot begon zachtjes te pruttelen.

'Volgens mij gaat het sneeuwen,' zei de jongen toen hij binnenkwam. 'Het is koud geworden.'

'Hm,' zei ze, zonder zich om te draaien.

'Dan gaan we naar de berg.'

'Moet jij niet verder met je pad?'

Even was het stil achter haar. 'Jawel.'

'Maar niet nu?'

'Niet nu.'

Ze zuchtte

'Nu heb ik andere dingen aan mijn hoofd.'

'Zoals?'

'De rozenperken. Een kerstboom.'

Ze draaide zich om zonder los te komen van het kooktoestel. 'Een kerstboom?'

'Ja, het is bijna kerst.' Hij stond naast de tafel, met de muts in zijn hand. Het zwarte haar zat tegen zijn voorhoofd geplakt, op de kraag van zijn jas lagen eikentakkensnippers. Vandaag waren de sokken met L en R roodblauw.

'Moet ik iets van je wassen?' vroeg ze.

'Moeten niet,' zei hij, 'maar ik heb wel vuile was.'

'Dan ga jij straks spitten en ik wassen.'

Hij keek haar aan, maar zei niets.

'En nu wil je zeker koffie?'

'Ja, lekker.' Hij ging eindelijk zitten.

‘Waar is de hond?’

‘Die loopt heen en weer bij het hek van de ganzen. Al een hele tijd.’

‘Waarom?’

‘Geen idee.’

‘Heb jij verstand van ganzen?’

‘Nee.’

Ze schonk een beker koffie in en zette die voor hem op de tafel. ‘Koek?’

‘Graag. Neem jij niet?’

‘Nee.’

‘Waarom niet?’

‘Bradwen,’ zei ze. ‘Ophouden.’

‘Goed,’ zei hij. ‘Maar je zegt geen “ach”.’

Ze glimlachte en legde een koek naast de koffiebeker. Daarna liep ze verder naar het dressoir en zette de radio aan.

‘Ja,’ zei de jongen, net hard genoeg. ‘Zo kan je het ook aanpakken.’

Ze stond bij de voordeur, wilde hem vragen wat ze moest wassen, maar de aanblik van zijn rug, licht gebogen, weerhield haar ervan. Hij was aan het spitten, zij ging wassen. Ze ging de trap op, trok zichzelf met de linkerhand langs de leuning omhoog. Eerst ging ze de badkamer binnen om een paracetamol te nemen, vervolgens stak ze de overloop over. Ze was al een paar dagen niet in de werkkamer geweest. Het was er fris, het raam boven de eikenhouten tafel stond op een kier. De dichtbundel lag erbij als de vorige keer dat ze hier was geweest, de aantekening die ze erin geschreven had, was wat beverig. Ze zette drie vingers op de bladzijde en keek van bovenaf de tuin in. De jongen ging netjes te werk, had al een groot deel van de afgezette rechthoek voor na voor omgespit. Nu was de spade in de grond gestoken en stond hij bij de open deur van de oude varkensstal, keek door het openstaande luik de kelder in. Er sloeg damp van zijn schouders, zijn jas lag op de tuinmuur. Wat zag hij daar? *Be it's mattress straight*. Sinds Bradwen hier was, had ze nauwelijks nog aan Dickinson gedacht. Ze ging naar de schoorsteenmantel. Daar stond een bruine rechthoek met vier metalen clipjes, er was iets aan het portret dat de jongen blijkbaar niet bevallen was. Ze draaide het om.

Van de schoorsteenmantel liep ze naar de divan om het dekbed recht te trekken. Achter de divan lag een hoopje kleren; een broek, L- en R-sokken, een T-shirt, een paar onderbroeken. Tegen de muur leunde de rugzak. Ze aarzelde kort, graaide vervolgens haastig de kleren bij elkaar en keek voor ze de kamer uit ging door het kleine raam aan de achterkant. De hond liep nog steeds heen en weer in de buurt van de ganzen, neus dicht bij de grond, de vogels zelf stonden op een kluitje bij het hok. De lucht was geelgrauw.

In de keuken hurkte ze neer bij de wasmachine en ze stopte zijn kleren er één voor één in. De oudewijvengeur, of die nu in de keuken hing, uit de wasmachine kwam of van waar dan ook, werd verdreven door de rinse geur van de blauwgrijze sokken. Hij moet weg, dacht ze. Beter vandaag dan morgen. Om de machine vol te krijgen haalde ze in haar slaapkamer het bed af en stopte de dekbedovertrek, het laken en de kussensloop erbij. *Be it's pillow round*. Op de radio zong Wham *Last Christmas*.

40

De roodharige jongen van Dickson's Garden Centre keek heel anders dan de vorige keer. Hij liep rond over de parkeerplaats met een rode puntmuts op zijn hoofd en hielp waar zijn hulp nodig was. Toen hij Bradwen zag, die vlak achter haar met een kerstboom door de uitgang kwam, liep hij niet verder in haar richting. Ze zag hem aarzelen, hij kon niet ineens doen alsof hij naar iemand anders op weg was. Het sneeuwde licht. Alle medewerkers in het tuincentrum hadden een rode puntmuts op en zelfs tussen de tafeltjes in de coffee corner hadden opgetuigde kerstbomen gestaan. Uit de luidsprekers klonk een kerstlied. De rozen waren verplaatst om ruimte te maken voor stellages vol kaarsen en andere kerstspullen, het had even geduurd voor ze ze terugvond. Ze had Bradwen na het uitzoeken van twaalf rozenstruiken een kerstboom laten kopen, alleen maar omdat ze dacht: neerzetten, optuigen en weg. Het was er een met een kluit, dat was handig, zei Bradwen, want die kon in januari de tuin in. Toen ze hem de boom door de gangpaden zag slepen, besefte ze dat er ballen en slingers en lichtjes nodig waren.

De potten waarin de struiken zaten, ratelden op de grote kar, ze kon er nauwelijks naar kijken. Ze had hoofdpijn.

'*Allright?*' vroeg de roodharige jongen toen ze langs hem liep. '*Yes, I've got help today,*' zei ze, half langs hem heen kijkend. '*Hi mate,*' hoorde ze Bradwen zeggen, nogal joviaal, wat vast iets betekende. De jongen keek weg, speurde het parkeerterrein af. Sam, die in de auto zat, begon opgewonden te blaffen.

Bradwen reed heel voorzichtig over het oprijpad, de sneeuw lag er duimdik. Ze zat met haar handen in haar schoot en telde de ganzen. Ze waren er alle vier nog en nu, door het wit om de vogels heen, zag ze hoe goor ze waren, hoe fel de oranje snavels. De schapen waren veel zwarter dan anders. Pas toen ze voor zich uit keek, naar het huis, zag ze de bandensporen.

'Er is iemand geweest,' zei ze.

Dit keer hing er geen briefje aan de deur.

Hoe lang is het geleden dat ik die beesten te eten heb gegeven? vroeg ze zich af. Later, toen ze de ganzen een paar stukken brood bracht, het werd al donker, zag ze dat de bandensporen door het land liepen en dat de schapen op een kluitje bij de afscheiding stonden.

41

De volgende ochtend lag de sneeuw twee duimen dik. De bladeren van de rozenstruikjes, die de jongen gisteren langs de omgespitte grond had gezet, waren wit.

'Ik moet naar Caernarfon,' zei ze na het ontbijt. Bradwen had zoals gewoonlijk veel gegeten. De koffie stond net op tafel.

'Wat gaan we daar doen?'

'Ik.'

'Wat ga jij daar doen?'

'Dat gaat je niets aan.'

'Moet ik je rijden?' Hij probeerde niet gekwetst te kijken.

'Nee.'

Hij zei niets meer.

'Dank je,' zei ze.

'Wat ga ik doen?'

'Zie maar. Misschien moet je je ouders eens bellen.'

Hij snoof en wees met een duim over zijn schouder in de richting van het trapgat, aan de andere kant van de muur. 'Jij bedankt voor het wassen van mijn kleren.'

Ze stak een sigaret op. 'Maak de kachel in de woonkamer maar aan, en als je wilt ook de open haard in jouw kamer.'

'Er is niet heel veel hout meer.'

'Op is op.'

'Zal ik de kerstboom optuigen?'

'Doe maar.'

'Waar?'

Ze keek de keuken rond. Naast het dressoir was een lege hoek. Ze gebaarde met de sigaret. 'Daar?'

'Dat is een goeie plek, dan zien we hem vanuit de woonkamer ook. Waar zet ik hem in?'

Ze keek hem niet aan. Ze kon hem niet aankijken. Waar zet je een kerstboom met een kluit in? Ze drukte de sigaret uit. 'Misschien staat er iets in de varkensschuur, of erachter. Ik weet het niet.'

'Ik vind wel iets,' zei de jongen.

De hond scharrelde overeind, liep op haar af en begon haar hand te likken. Ze begon te huilen.

De jongen bleef zitten. 'Je moet niet huilen,' zei hij. 'Ik weet niet waarom je huilt, en als ik het je zou vragen, zou je "ach" zeggen, dus dat schiet niet op. Maar je moet niet huilen.'

'Nee,' zei ze en haalde haar neus op.

'Als je terug bent uit Caernarfon, van wat je daar ook

gaat doen, is de kerstboom klaar en brandt de kachel in de woonkamer. Ik ga zo naar Waunfawr, dus is er ook vers brood. Niet dat eten je interesseert, het is er. En ik ga niet mijn ouders bellen, ik ga niemand bellen, want ik ben nu hier. Vanmiddag om kwart over vijf ga je op de bank zitten en doe je de tv aan en ga je naar *Escape to the Country* kijken en terwijl jij dat doet, ga ik koken. Vis. Die ga jij opeten, je drinkt er twee of drie glazen wijn bij en misschien gaan we na het eten samen een tuin tekenen, of naar een film kijken. De BBC zendt rond kerstmis altijd mooie films uit. Daarna ga je naar bed, als je wilt steek ik een uur eerder ook het haardje in jouw slaapkamer aan. Ik kan wanneer ik maar wil met de auto en de kar ergens nieuw hout gaan halen. Ik kan dat ook betalen. Sam en ik liggen twee deuren verderop. Wij zijn hier. We wachten op het lam dat die boer, Rhys Jones, je beloofd heeft.'

Ze ging zitten. 'Ja,' zei ze. 'Het lam. Hij was hier gisteren.'

'Dat heb ik gezien.'

'Hij heeft hooi gebracht bij de schapen.'

'Dat heb ik ook gezien.'

'Ik denk steeds dat je een turner bent.'

'Wat?'

'Zo een die vloeroefeningen doet.'

'Dat heb ik nog nooit eerder gehoord.'

'Als je loopt, als je zit, als je aan het zagen of spitten bent.' Ze wilde een nieuwe sigaret opsteken, zag ervan af omdat ze die dan zou moeten roken, terwijl ze in bad wilde. In bad en dan weg. Ze stond op. 'Je zegt heel vaak "we",' zei ze.

'Dat komt omdat we hier samen zijn.'

'Ik geloof dat ik daarom moest huilen.'

'Je liegt.'

'Ja.' Ze liep de keuken uit. In de badkamer drukte ze de laatste drie pijnstillers uit de strip en nam ze in met een paar slokken koud water.

Ze reed heel langzaam, op de smalle weggetjes was niet gestrooid en als het heuvelaf ging, greep ze het stuur stevig vast. Op de tweebaansweg naar Caernarfon was wel gestrooid, maar ook hier reden de weinige auto's traag, het was of iedereen er rekening mee hield dat het elk moment opnieuw kon gaan sneeuwen. Ik mag me niet wentelen in die veiligheid, dacht ze. Wegkruipen bij de kachel. Hem de baas laten worden. Me door die hond laten likken. Ze zette de auto bij een parkeerhaven aan de kant en stapte uit zonder haar jas aan te trekken. Met moeite klom ze over een hek, liep een flink stuk door de sneeuw en draaide zich toen om. Ze keek naar haar voetstappen, naar de auto, ze huiverde. Dit is het, dacht ze. Zo staat het ervoor. Haar schoenen waren nat, haar tenen koud. Een lege auto, langs de kant van de weg, kale bomen, heuvels, kou. Een das die niet langer tevoorschijn komt; staan in een vijver waarvan het water tot mijn middel komt, geen zware voorwerpen in mijn zak. De geur van een oud wijf in mijn lijf. Dit is het. Zo staat het ervoor.

42

Net als de vorige keer was er niemand in de wachtkamer, die direct achter de voordeur lag. Geen doktersassistente, een bel gaf aan dat iemand binnenkwam. Ze ging zitten op een van de vier stoelen en wachtte af. Na een minuut of vijf was ze nog niet binnengeroepen, ze stak een sigaret op. Ze hoorde geen stemmen achter de deur van de spreekkamer, zo nu en dan liepen er mensen langs het raam, die nieuwsgierig naar binnen keken. Op een formicatafeltje stond een schone asbak en er lag een stapeltje tijdschriften.

'Ah, de dassenvrouw.'

Ze keek op en zuchtte.

'Niet meteen zo afwijzend,' zei de huisarts. '*I'm just kidding*. Kom binnen.'

Op zijn bureau lag niets, geen papieren waarin hij bezig was geweest. Ze was er al zo aan gewend dat hier bijna overal gerookt werd, dat ze niet haar sigaret in de asbak op het tafeltje in de wachtkamer had uitgedrukt. Ze deed het nu, in zijn halfvolle asbak. Ze keek naar het kruis, dat iemand recht gehangen had.

'Je haar zit goed. Wel wat kort.'

'Dank u.'

'Shirley is een heel ervaren kapster. Dat niet alleen, ze is de laatste kapster.'

Ze keek hem aan.

'Dus je vond het nu wel nodig?'

'Wat?'

'Om mij te bezoeken?'

'Ja.'

'Wat kan ik voor je doen?'

'Pijnstillers.'

'Die kan je in de apotheek halen, daar heb je mij niet voor nodig.'

'Ik heb het niet over aspirine of paracetamol.' Het laatste woord klonk vreemd, ze wist niet zeker of het Engels was.

'Waar heb je het dan wel over?'

'Dat moet u zeggen, ik heb daar geen verstand van.'

'Ga eerst even daar zitten. Ik wil naar je voet kijken.'

'Met mijn voet is niets aan de hand. Niet meer.'

'Toe maar.'

Ik moet hem niet tegenwerken, dacht ze. Het kon geen kwaad. Ze ging op de behandeltafel zitten en trok haar natte schoen en sok uit. De huid van haar voet was gerimpeld. Ik kan ook gaan liggen, dacht ze. Liggen en me overgeven en zien wat ervan komt.

De huisarts pakte haar voet vast. 'Dat is mooi geheeld. Nog last gehad?'

'Nee. Soda doet wonderen. U had helemaal gelijk.' Ze staarde over de schouder van de huisarts naar de muur. Nu pas zag ze – mogelijk omdat het licht er anders op viel, of omdat ze ernaar keek zonder echt te kijken – dat op de hivposter de tors van een donkere man te zien was. Niet frontaal, maar van de zijkant, onscherp, een pronte kont. Nu begreep ze het *Exit only* aan de onderrand. De poster moest heel oud zijn, ze vroeg zich af waarom deze man zoiets opgehangen had in zijn spreekkamer. Niet echt een beeld dat veel patiënten in dit stadje zou aanspreken, dacht ze.

De huisarts pakte haar hand en legde twee vingers op haar pols. 'Hm,' deed hij. Hij nam haar hoofd tussen zijn handen en trok met de duimen de huid boven haar ogen op en keek haar aandachtig in de ogen. Daarna streek hij langs haar arm, terwijl hij zijn andere hand op haar knie liet rusten. Als ik niet zou roken, dacht ze, zou hij ongelofelijk uit zijn mond stinken. 'Hoofdpijn?' vroeg hij.

'Ja.'

'Is dat het enige?'

'Nee.'

'Wat scheelt er verder nog aan?' De bel klonk in de spreekkamer. Hij keek kort naar de deur en maakte van de gelegenheid gebruik om te hoesten, zonder een hand naar zijn mond te brengen.

Ze liet zich van de behandeltafel glijden, heel even stond ze tegen hem aan, voor hij een stap achteruit deed. Op de adamsappel in zijn vogelhals stonden een paar baardhaartjes. Voor iemand die een hand op haar knie liet rusten, bijna zoals Sam zijn kop daar kon leggen, stapte hij wel erg snel aan de kant. Ze ging op de stoel zitten en stak een sigaret op. Voor het eerst had ze het gevoel dat ze deze man aankon.

De huisarts ging ook weer zitten en kon niet achterblijven. Samen zaten ze te roken. 'Je begrijpt toch wel dat ik niet zomaar zware pijnstillers kan voorschrijven?' zei hij.

'Ik zou niet weten waarom niet.'

'Er bestaat zoiets als een beroepscode.'

'Daar had u laatst in de kapperszaak weinig last van.'

'Aha. Je vond dat ik niet over patiënten had mogen praten met Shirley? Dat is niet hetzelfde als medicijnen voorschrijven zonder reden.'

'Zonder reden? Wie heeft dat gezegd?' Ze blies hem een wolk rook in het gezicht.

De huisarts blies een wolk terug. 'Dan nog eens: wat scheelt eraan?'

'Ik ben ziek.'

'Hoe ziek?'

'Dat weet ik niet.'

'Sta je niet onder behandeling? In Nederland?'

'Natuurlijk wel.'

'Waarom wil je dan niet zeggen wat er aan de hand is?'

'Dat zijn uw zaken niet.'

'Ik ben huisarts. Ik heb te maken met regels en mijn geweten.'

'Ik ben een toevallige patiënt. Misschien vertrek ik morgen weer naar Nederland. Dat met die das was een incident. Ik ben een toerist.'

'Waar zit de pijn?'

'Overal. Soms is het of ik kiespijn heb in mijn hele lijf.'

'Kiespijn?'

'Dat je naar de tandarts gaat met pijn, en je denkt te weten waar het zit en dat de tandarts een heel andere kies aanpakt, wat je verbaast, maar een dag later is de pijn verdwenen.'

'Hm.'

'En ik ruik dingen.'

'Dat lijkt me alleen maar gezond.'

'Nee, dingen die er niet zijn. Of dingen die ik me inbeeld, en dan ruik ik ze toch echt.'

Daar ging de huisarts niet op in. 'Als ik je die medicijnen voorschrijf...'

Ze keek hem aan, probeerde te zien wat hij wilde zeggen. 'Ik ben een toerist,' zei ze nog eens. 'Dat ik hier zit, is toeval. Ik had ook naar een huisarts in Bangor kunnen gaan.'

'Ik kan dit niet toestaan.'

Ze gebaarde naar de nu meer dan halfvolle asbak. 'Wat doet u?'

'Pardon?'

'U zit zichzelf hier dood te roken, onder een poster met de blote reet van een neger en een kruis. Daarover maakte u zelfs grappen. Is er iemand die u stuit?'

Hij keek naar de muur. 'Ik begrijp niet goed ...'

'Maakt het niet uit, dat roken? Doet het er niet toe?'

De adamsappel ging op en neer. 'Mijn vrouw klaagt erover.' Hij schraapte zijn keel, begon daarna te hoesten.

'Maar u laat zich niet weerhouden door haar.'

'Nee. Is er iemand die jou weerhoudt?'

'Nee. Ik ben alleen. Helemaal alleen. Heeft u een aantekening gemaakt van mijn vorige bezoek?'

'Natuurlijk.'

'Vernietig die. Vergeet dat ik hier nu ben.' Ze bleef hem aankijken. 'Staat mijn naam erop?'

'Nee.'

'Wat staat er dan?'

De huisarts keek terug. Trok aan zijn sigaret, die bijna tot aan de filter opgebrand was, staarde naar de asbak. Uit de wachtkamer kwam het geluid van een stoel die verschoven werd, duidelijk hoorbaar. Hij gooide de peuk in de asbak, zonder hem te doven. Daarna trok hij een la open en haalde er na wat zoeken en schuiven een formulier uit dat hij langzaam twee keer vouwde voor hij het in stukken scheurde. De snippers verdwenen in een prullenbak. Hij pakte een pen en begon een recept uit te schrijven. 'Je weet waar de apotheek zit. Ik geef je dit mee en ik wil je hier nooit meer zien.'

'De sterkste die er is.'

Zonder op te kijken verfrommelde hij het papiertje en schreef een nieuw recept uit. Hij stak het haar toe. 'Ik ken je niet,' zei hij.

Er zat een vrouw in de wachtkamer. Een vrouw met opgestoken geblondeerd haar. Schamel was het, in het licht van de tl-balk die er brandde. Ze bladerde in een oeroud tijdschrift. 'Hello, love,' zei ze.

Shirley, dacht ze. Als ik gedwongen was een naam voor haar te verzinnen, had ik precies die naam gekozen. 'Goedemorgen.'

'Wat doe je formeel! Hoe bevalt je nieuwe kapsel?'

'Wat zegt u?'

'Je haar. Hoe bevalt het?'

'Wat is er dan met mijn haar?'

'Dat heb ik toch zeker onlangs geknipt?'

'Ik heb altijd dit haar gehad.'

De kapster keek haar met open mond aan.

'Gratis consult?' vroeg ze.

'Wat zeg je?'

'Neem me niet kwalijk, ik zie u voor iemand anders aan.' Ze trok de deur open en stapte snel de besneeuwde stoep op. Voorzichtig schuifelde ze in de richting van de apotheek. In de kapperszaak brandde nauwelijks licht, rond een van de vier spiegels waren de lampjes aan, de deur stond niet op een kier. De parfumerie ertegenover had in de etalage een groot bord staan met daarop de mededeling dat er uitverkoop was en dat alle artikelen met vijftig procent afgeprijsd waren. *Ooit zullen hier alleen nog dassen rondlopen, in dit stadje lopen de mensen uit zichzelf al weg*, hoorde ze de man die ze niet meer kende zeggen. *Of ze gaan simpelweg dood, dat kan natuurlijk ook.* De apotheek was open, er stonden zelfs klanten bij de toonbank. Hier deed men niet aan uitverkoop.

De jongen die haar hielp, staarde lang naar het recept

en keek toen op, waarschijnlijk om haar te vragen waarom de patiëntnaam ontbrak. Ze keek hem aan zoals ze kort ervoor de kapster had aangekeken en de jongen liep naar achter. Nadat ze haar plastic tasje met de pillen overhandigd had gekregen, liep ze aan de overkant van de straat terug naar het parkeerterrein. Ze bedacht dat ze voor de jongen inderdaad altijd dit haar had gehad. Die kende haar niet anders. De hond, die in haar een soortgenoot zou zien, trouwens ook niet. In de etalage van een buitensportwinkel, de winkel waar ze de kaart had gekocht, stonden mannenkoppen met mutsen. Een van de mutsen had het merk Patagonia en was pastelblauw, met een rand van verschillende andere kleuren blauw, van heel licht tot heel donker, als een streepjescode. Ze moest aan de berg denken, aan wat de jongen gisterochtend had gezegd. Ze had het wel gehoord, ze was er simpelweg niet op ingegaan. Ze ging de winkel binnen en kocht de muts, die ze in cadeaupapier liet inpakken. Ze keek toe hoe de winkelbediende onhandig in de weer was met een rol plakband. Ze kreeg het warm en voelde een spier in haar rechterbeen trillen. De muts was duur. Dat geeft niet, dacht ze, daar hoef ik me geen zorgen over te maken. 'Tot ziens,' zei ze tegen de winkelbediende. Die keek haar verbaasd aan. Pas toen ze buiten stond, besefte ze half wat er gebeurd was: ze had blijkbaar in het Nederlands afscheid genomen, en toch was ze er zeker van dat ze '*Goodbye*' had gezegd. De klok op de boog in de stadswal gaf kwart over elf aan.

43

De jongen was niet thuis. Ze legde de muts onder de kerstboom, die met de lichtjes aan en vol slingers en ballen in de hoek naast het dressoir stond. Hij was in een zinken teil gezet, een lading leisteengruis zorgde voor stevigheid. Ze ging traag de trap op en duwde de deur van de badkamer open. Ze legde de pillen op het plankje boven de wasbak en nam er meteen een in, zonder de bijsluiter te lezen. De huisarts had niet op een doosje meer of minder gekeken. De rolletjes hoestpastilles lagen ook op het plankje, ongeopend. Ze ging op de wc zitten. De kramp die ze gevoeld had in de auto kwam opnieuw. En opnieuw. Telkens als ze dacht wc-papier te kunnen gaan afscheuren, moest ze haar hand terugtrekken. 'Welja,' zei ze zacht, ellebogen op de knieën, hoofd naar de tegelvloer. Toen ze zich afgeveegd had, liet ze voor de tweede keer die dag het bad vollopen, met weer een flinke scheut Native Herbs erin. Het badschuim had een scherpe geur. Een echte geur. Ze trok haar kleren uit en ging in het hete water zitten. Dacht aan de monoloog van de jongen, alles wat hij had opgesomd, wat er zonder haperen was uitgekomen, alsof hij eerder al erover nagedacht had, alsof er een plan achter zat. Ze probeerde te voelen wat de pil in haar lichaam deed door zich voor te stellen dat de werkzame stoffen vanuit de maag een tocht naar elders begonnen en hopelijk snel in haar hoofd terecht zouden komen. Besefte, toen een plezierige loomheid door haar lichaam trok, dat het al snel 1 januari zou zijn.

'*Hello*!' Dat was niet Bradwen, al was het alleen maar omdat die er een vraag van gemaakt zou hebben. Rhys Jones.

Achter de voordeur al, en zij lag in bad. In het verlengde van de voordeur was de trap, dit was een huis waarin het volstrekt vanzelfsprekend was meteen naar boven te gaan. Ze moest uit bad, de deur was niet op slot. Het water klotste luid, ze voelde dat de pil zijn werk gedaan had; het was haar eigen lichaam dat uit het bad kwam, maar dan met een fractie vertraging. Een auto had ze niet horen aankomen. Ze pakte de handdoek van het haakje op de deur, drukte hem tegen haar borsten. Er werd aangeklopt, tamelijk hard. '*Go away,*' zei ze. In de stilte die volgde, bracht ze haar hoofd naar het hout van de deur. Ze meende hem te horen ademen en tegelijkertijd hoorde ze de bakkersvrouw iets zeggen. *En als zij nog geleefd had, zou ze hem nooit zoveel taart hebben laten eten.* Stond ze nu maar in de bakkerij, van top tot teen gekleed, bergschoenen aan haar voeten. Het badwater deinde na, heel helder was het.

'Ik wacht in de keuken.'

Ze deinsde achteruit, zijn stem trilde in het hout. Ze hoorde hem de trap af gaan. De stop liet ze in het bad zitten, het weggorgelende water zou veel te veel lawaai maken. Langzaam droogde ze zich af, traag trok ze haar kleren aan. Kramp zonder echte pijn in haar buik, geen druk achter haar oren, een doof gevoel in haar hoofd. Voor ze de deur opende, keek ze door het raampje naar het besneeuwde oprijpad. Waar bleef Bradwen? De ganzen stonden op een kluitje voor het hok. Ervoor, nooit eens een keer erin. Stomme beesten.

Rhys Jones zat op de keukenstoel die het dichtst bij de kerstboom stond, met de verpakte muts in zijn handen. Er was iets met hem, er was iets anders dan anders.

'Wat doet u?' vroeg ze.

'Ik neem aan dat je niet voor jezelf een pakje onder de kerstboom legt.'

'En?'

'Ik stelde me zo voor dat je dit voor mij gekocht hebt.'

'Wat?'

'Wie komt hier verder over de vloer?' Hij kneep in het pakje. 'Het voelt als sokken.'

'Leg terug.'

'Is het niet voor mij?'

Ik zou een mes kunnen pakken, dacht ze. Desnoods de zware steelpan. 'Nee.'

'Je woont hier immers alleen? Heb je dat niet tegen de makelaar gezegd, toen je het tijdelijke huurcontract tekende?' Het woord *provisional* sprak hij met nadruk uit.

'Meneer Jones.'

'Zeg toch Rhys.'

'Meneer Jones, wilt u zo vriendelijk zijn dat pakje terug te leggen.'

'Goed, goed, als jij zo stug wilt blijven doen.' Hij stond op en legde de muts onder de boom. Hij rechtte zijn rug, draaide zich om en liep naar de woonkamer. De buitendeur ging open.

Ze keek om zich heen. Even was de keuken veilig. De drie bloeiende plantjes in de vensterbank, de koffiepot op het kooktoestel, de kerstboom. Toch keek ze kort in de bestekbak, naar het grote vak. De buitendeur ging dicht. Rhys Jones kwam de keuken binnen met een plastic krat. Ze keek naar zijn voeten en terwijl ze dat deed, wist ze wat er anders was aan hem: het dikke vette haar was een stuk korter, voor het eerst had ze zijn oren gezien.

'Lam,' zei hij. Hij zette de krat op de tafel.

Ze keek erin. Een paar brokken vlees, tamelijk donker van kleur. Ze legde een hand in haar hals. 'Is dat een heel lam?'

'Nee. Een half lam.'

'Half?'

'Eigenlijk had ik je een kwart lam willen geven, maar dan blijft er wel erg weinig over. Ik heb een hand over mijn hart gestreken.' Terwijl hij dat zei, legde hij een hand op haar kont. Alsof die het hart was waarover hij gestreken had, of een lamsbout.

Ze pakte zijn hand niet vast, het was de hand waaraan de vinger zat met de ingescheurde nagel. Zo rustig mogelijk deed ze een stap opzij, waardoor hij zijn greep op haar verloor, en vervolgens liep ze verder, naar de andere kant van de tafel. Ze kwam recht tegenover de schapenboer te staan. 'Neem maar weer mee.'

'Is het niet goed genoeg?'

'Wat wilt u?'

'Ik kom je een paar lamsbouten brengen. Helemaal gratis.'

'Die wil ik niet. Ik walg van lamsvlees.'

'Dat is dan jammer. Ik laat ze hier toch achter. Ik heb aan mijn verplichting voldaan.'

'Dan kunt u nu weg.'

'Je ziet er heel anders uit dan de vorige keer,' zei hij.

'Dan kunt u nu weg.'

'Ben je bij de kapper geweest? Bij Shirley?'

Ze had haar handen op de rugleuning van een stoel gezet. Shirley. De huisarts, de man tegenover haar, het bakkersechtpaar. Iedereen kende elkaar. Alleen Bradwen, die viel hier buiten. Waar bleef hij toch? Hoewel, nu hij eerst de kerstboom had opgetuigd, zou het nog wel even kunnen duren voor hij terugkwam. Ze keek op de klok. Bijna half een. Ik moet iets doen, dacht ze. Maakt niet uit wat. Ze liep naar de woonkamer en trok de deur van de kachel open. Gooide twee houtblokken op het smeulende vuur, schoof de blokken met de pook wat heen en weer. Ze besefte dat ze met haar rug naar Rhys Jones stond, voorovergebogen. Ze voelde zich sterk.

De schapenboer was achter haar aan gekomen. Hij zat op de bank, een arm op de rugleuning, breeduit. 'Krijg ik geen koffie?' vroeg hij. 'Dassenvrouw?'

'Wat zegt u?'

'Ik zeg dassenvrouw.'

'U krijgt geen koffie. U kunt nu weg.' Ze bleef bij de kachel staan en legde de pook niet terug in de houtmand.

'Mijn makelaarvriend belde op.'

Ze keek naar zijn sokken.

'Er is een achterneef opgespoord. Woont in Engeland. Het huurcontract wordt niet verlengd.'

Ze pakte de pook over in haar andere hand.

'Omdat mijn vriend een aardige kerel is, en hij ook wel beseft dat 1 januari erg kort dag is, heb je tot 5 januari om je boeltje te pakken. We komen wel langs op nieuwjaarsdag, om te zien hoe de staat van het huis is.'

'Geen probleem.'

'Nee?'

'Nee. Niets van deze oude troep is van mij. Ik heb geen verhuiswagen nodig.' Ze keek uit het raam, het was of ze aanvoelde dat op dat moment Bradwen over de tuinmuur zou komen. Hij sprong niet dit keer, hij klom. Sam sprong wel, de hond landde naast de elzen- en eikentakken, blijkbaar had hij precies onthouden waar die lagen. Vreemd dat hij vanaf die kant komt, dacht ze. De jongen liep over het besneeuwde gazon en bleef aan de rand van het omgespitte stuk staan. Ze vroeg zich af of hij haar kon zien. De woonkamer was tamelijk duister, met het ene raam, maar de staande lamp was, zoals elke dag, aan. Bradwen gaf de hond een bevel, Sam liep terug en ging tegen zijn been zitten, rozenstruikjes onttrokken hem deels aan het gezicht. Waarom blijft hij daar staan? dacht ze. Ziet hij vanaf die plek de auto van Rhys Jones staan? En wat dan nog?

'Je hebt genoeg tijd om de lamsbouten op te eten.'

'Ik eet geen lam.'

'Wat je wilt. De weduwe Evans hield erg van lam. Ze is er drieënnegentig mee geworden.' Hij keek op. 'Wat sta je daar. Kom even hier op de bank zitten.'

'Het is tijd om op te stappen,' zei ze. 'U heeft aan uw verplichting voldaan en u heeft de boodschap overgebracht.'

'Ik heb nog niet verteld hoe de weduwe Evans aan haar einde is gekomen.'

'Dat interesseert me niet, ik kende die vrouw niet.'

'Volgens mij interesseert het je wel.'

Vanuit een ooghoek zag ze Bradwen nog steeds op dezelfde plek staan. Ze schudde haar hoofd, vroeg zich af of de man op de bank werkelijk zo primitief kon denken. Hij weduwnaar, zij schijnbaar zonder man. *What's holding us back*? De jongen bewoog een arm, reageerde hij op haar hoofdbeweging? Ze hief de pook, al wist ze niet precies wat ze daarmee wilde aangeven. 'Sigaretten,' zei ze.

'Wat?'

'In de keuken. Daar liggen mijn sigaretten.' Het ergerde haar dat ze niet zonder iets te zeggen naar de keuken liep. De keuken in het huis dat tot 5 januari van haar was. Ze ging er voor het raam staan en gebaarde naar Bradwen dat ze naar buiten zou komen, legde de pook op tafel en stak een sigaret op. Daarna liep ze rechtstreeks naar de buitendeur, die ze opentrok. Dat werd Sam te veel, hij kwam overeind en liep blaffend op haar af. De jongen liet de hond begaan, riep hem niet terug.

Rhys Jones kwam verbazingwekkend snel van de bank af. 'Sam?' zei hij.

De hond zwenkte iets uit de richting, rende naar de schapenboer en sprong in zijn armen.

Rhys Jones wankelde.

Ze keek naar Bradwen. En van de jongen keek ze naar de schapenboer, wiens ogen wateriger leken te staan dan normaal.

Sam snoof en likte en blafte.

44

'*Hello, dad,*' zei Bradwen.

Rhys Jones beantwoordde de groet niet, zette de hond op de grond. '*Stay,*' zei hij. Op het stoepje voor de deur stonden zijn klompen, met de punten van het huis af, hij kon er zo in stappen. Dat deed hij, hield zich in evenwicht met een hand tegen de deurpost. De hond keek naar hem op, hijgde opgewonden. Jones keek Bradwen niet aan, hij liep over het leisteengruispad naar zijn auto, die naast het huis stond, met de voorbumper bijna tegen de oude varkensstal aan. Hij opende een portier. 'Sam,' riep hij. De hond – die geprobeerd had om de hoek te kijken, zijn kop schuin, zenuwachtig – vloog het huis uit en sprong in de auto, trefzeker, het was een sprong die hij al heel vaak gemaakt had.

Ze stond inmiddels ook buiten, op haar sokken. Er was een soort driehoek ontstaan. Rhys Jones bij de auto, Bradwen naast het toekomstige rozenperk en zij voor de deur. Het was niet erg koud meer, van een enkel rozenblad drupte het laatste restje sneeuw weg.

'Dus die sokken zijn voor jou?' zei de schapenboer. Het was niet echt een vraag, hij was om de auto heen gelopen en had het portier aan de bestuurderszijde al open.

'Sokken?' vroeg de jongen.

Ze keek van de jongen naar de man en terug. Als Bradwen een turner is, dacht ze, is Rhys Jones een judoka die twintig jaar geleden gestopt is zonder af te trainen. Ze trok aan haar sigaret, heel diep, en blies de rook uit, die dik was in de vochtige lucht. Rhys Jones ging achter het stuur zitten en startte de auto. Sam zat naast hem, keek alert recht vooruit, de tong uit de bek. Een schapenhond. Blij. Naast zijn echte baas, het Alfamannetje. Ineens zag ze in waarom de hond zo vaak bij haar had gezeten, waarom hij meteen de eerste dag al zo makkelijk zijn waakplek voor de deur van de badkamer had verlaten: ze stond op hetzelfde niveau als de jongen. De zwarte auto, inderdaad een met een laadbak, reed achteruit, verdween uit haar gezichtsveld. Ze zag het plankje onder de spiegel voor zich, het eerste doosje met pillen. Ze wilde nog zo'n pil, want zoals ze haar eigen lichaam eerder iets vertraagd uit het badwater had voelen komen, zo leek alles hier buiten ook een kwarttel uit het lood te gaan. Dat wilde ze zo houden.

Shirley, de huisarts, het bakkersechtpaar, Rhys Jones én Bradwen. De jongen was erg naakt, zo zonder hond, achter de potten met iele, druipende rozenstruikjes, de banden van een kleine rugzak over zijn borst. 'Kom,' zei ze, toen het geluid van de auto niet langer hoorbaar was. Als ze hem niet zou roepen, zou hij waarschijnlijk gewoon blijven staan. Ze gooide de sigaret weg en greep de jongen vast. De rugzak zat hinderlijk in de weg, ze wrong haar handen tussen zijn rug en de zak, drukte hem tegen haar borst. Hij rook ongelofelijk lekker. Ze liet haar handen zakken en trok zijn onderlijf tegen zich aan.

'Sokken?' vroeg hij nog eens, warme adem in haar hals. Hij had zijn armen losjes om haar heen geslagen.

'Die man weet niet waarover hij het heeft,' zei ze. Ze zag de eik liggen, als een omgevallen kandelaar met ongelijke kaarsenhouders. Als de boom daar bleef liggen, zou hij in de loop van de tijd een tweede mosbrug worden. De geur van vers brood verdrong de geur van de jongen.

45

De man verzette zijn been. Zo voelde dat tegenwoordig. Voorheen verzette hij een voet, sinds een paar dagen leek de klomp gips zwaarder geworden en was het been log. Hij kon niet autorijden, was met tram 4 naar De Pijp gegaan, waar hij in het café aan de Van Woustraat met de agent had afgesproken. Hij was blij dat hij niet alleen naar zijn schoonouders hoefde. Tussen het café en het huis van zijn schoonouders was de sneeuw niet van de stoep geveegd, gestrooid was er evenmin, de agent had hem een paar keer voor een val behoed. De tv stond aan, er was een schaatswedstrijd aan de gang, de stemmen van de commentatoren waren hoorbaar, niet verstaanbaar. De schaatser die hij eerder in de reclamebak op de tramhalte brood had zien aanprijzen was een lange afstand aan het rijden. Zijn schoonvader had thee gezet, omdat de agent dat liever had dan koffie. Naast de tv stond een bont opgetuigde kerstboom, zijn schoonouders hielden van ouderwets. De kaarsjes brandden uitsluitend op beide kerstdagen. Het driehoekje in de vensterbank was wel aan, de kaarsjes kleurden een witte amaryllis zachtoranje.

'Hoe hebben ze dat voor elkaar gekregen?' vroeg de vader.

'Geen idee. "Daarover verschaf ik geen informatie," zei de vrouw die me belde.'

'Een vrouw?'

'Ja.'

'Wales. Hoe ze daar nou weer bij komt? Wat is er in Wales?'

'Een Engelssprekend land is niet vreemd natuurlijk.'

'En wat heb jij hiermee te maken?'

De agent keek de man kort aan voor hij de vader antwoord gaf. 'Hij kan niet rijden,' zei hij en gebaarde naar het gips. 'Ik heb nog aardig wat vakantiedagen over. Die moeten op vóór het einde van het jaar.'

'Wanneer gaan jullie?'

'Volgende week.'

'Met de kerst?'

'Ja. Het is overal kerst.'

'Heb jij geen vrouw? Of kinderen? Wat vinden die daarvan?'

'O, die vinden alles prima,' zei de agent. 'Ze zijn gewend aan mijn diensten.'

'Hm,' zei de vader.

'Ongelofelijk,' zei de moeder.

'Wat is er?'

'Die Kramer is een beest. Nu gaat hij nog versnellen ook.'

'Heb jij wel gehoord wat hier allemaal gezegd is?'

'Natuurlijk. Ik heb me nooit echt zorgen gemaakt.'

'Ik wel.' Hij schonk iedereen een tweede kopje thee in. 'Ik moest 's avonds valeriaan slikken,' zei hij tegen de agent. 'Anders kon ik een goede nachtrust wel vergeten.'

'Dat is fijn spul,' zei de agent. 'Gebruik ik ook weleens.'

'O ja?'

'Heb je contact met haar gehad?' vroeg de vader.

'Nee, ik zou niet weten hoe,' zei de man. 'Haar mobiele nummer blijft onbereikbaar.'

'Maar je hebt haar adres?'

'Ja. Hoewel. Ik heb de naam van een huis.'

'Dan zou je een brief kunnen sturen.'

'Dat kan.' De man keek even naar de tv. 'Het is inderdaad ongelofelijk hoe ze haar hebben kunnen vinden.'

'Dat is hun vak,' zei de agent.

De man stond op. 'Even naar de wc,' zei hij, pakte een kruk en hompelde van de woonkamer naar het gangetje. In de wc deed hij de klep omlaag en ging met moeite zitten, eigenlijk moest de deur openblijven zodat zijn voet de ruimte had. In de woonkamer kon hij niet aan zijn vrouw denken. Hij moest een besluit nemen over wat hij tegen zijn schoonouders zou zeggen. Of hij het wel of niet zou zeggen. Vreemde lui, totaal ongrijpbaar. Hoe zijn schoonvader zojuist tegen de agent vertelde dat hij valeriaan slikte om te kunnen slapen. De schoonmoeder met een schrift op schoot waarin ze rondetijden noteerde. Geen peil op te trekken. Hij vroeg zich af wanneer hij voor het laatst een brief geschreven had, besefte hoe ouderwets dat allemaal was; een pen, papier, envelop, postzegel, brievenbus. Het schrijnde een beetje in zijn oksel, daar had de agent hem drie, vier keer vastgegrepen. Hij draaide het fonteintje open en daarna weer dicht. Hier kon hij trouwens ook niet aan zijn vrouw denken, met geen mogelijkheid kon hij zich haar voorstellen in een huis op het land.

In de afgelopen twee maanden was veel veranderd, het voelde niet eens meer vreemd alleen te zijn. Na een paar dagen thuis, met zijn voet op een hocker, een biertje bij de hand, had hij de huisartsenpraktijk gebeld. Niets werd hem verteld. Hij had gescholden, waarna hij doorverbonden werd met zijn huisarts. Die had ijzig kalm ook haar mond gehouden. Hij vroeg haar ook naar de uitslag van de fertiliteittest, dat was hem tijdens zijn bezoek helemaal ontschoten. Die informatie was eveneens vertrouwelijk. Vlak voor hij ophing, had ze hem gevraagd hoe het met zijn voet ging. Daar moest hij hard om lachen, en tijdens het lachen had hij de verbinding verbroken. Hij wist het niet, hij wíst niet eens wat hij zijn schoonouders precies kon vertellen. Hij hees zichzelf overeind.

'Wat bleef jij lang weg,' zei de moeder.

'Tja.' Hij gebaarde naar zijn gipsbeen.

'We zijn heel blij, echt heel blij. Dat ze terecht is,' zei de vader.

'Moeten we niet even een fles openmaken?' vroeg de moeder. Het schaatsen was afgelopen, er was reclame op de tv, het geluid helemaal weggedraaid. Het schrift had ze in de vensterbank gelegd.

'Ja, dat doen we. Neem zelf een witte wijn,' zei de vader. 'De fles staat in de koelkast, die moet eens op.'

'Mannen? Een borrel?'

'Prima,' zei de agent.

Mannen, dacht de man. Een borrel. 'Schenk mij er ook maar een in.'

'Snij meteen even een droog worstje,' zei de vader tegen de rug van de moeder. 'Was het duur?'

'Ja,' zei de man. 'Heel erg duur.'

De vader keek hem aan. De man verwachtte dat hij hem aan zou bieden een deel van de opsporingskosten te betalen. In plaats daarvan richtte de vader zijn aandacht op de agent. 'Waarom hebben jullie hem eigenlijk niet in de gevangenis gestopt?' vroeg hij.

'Omdat hij zo'n aardige vent is.'

'Je hebt me verkeerd voorgelicht,' zei de agent. Ze liepen over de gladde stoep terug naar de Van Woustraat. Na twee borrels leek dat een stuk makkelijker te gaan.

'Ik weet het,' zei de man. 'Het is een vreemd stel.'

'Zulke dingen werken door.'

'Hoe bedoel je?'

'Dat ik me af zou kunnen vragen wat er waar is van andere dingen die je zegt.'

'Jij zit toch niet bij de recherche?'

'Nee, ik ben een eenvoudige agent. Maar ik ben ook een mens.'

De krukken van de man gleden weg, hij moest zijn gipsvoet op de grond zetten. Omvallen deed hij niet, de agent had hem alweer stevig vastgegrepen.

'Nooit,' zei hij, terwijl hij de man rechttrok. 'Nooit weet je precies wat iemand denkt of voelt.'

'Eten?' vroeg de man. 'Ik heb thuis niets.'

'Goed,' zei de agent. 'Een stukje verderop zit een Turk. Dat haal je wel.'

'Kan jij zomaar wegblijven? Wat vindt je vrouw daarvan? Zullen je kinderen je niet missen?'

De agent glimlachte.

Ik zou een soort schoudervulling moeten hebben, dacht de man. Maar dan in mijn oksel. Okselvulling. Hij had de juiste pas weer te pakken, drukte de stokken stevig in de sneeuw. Ik zou een kaart kunnen sturen, met een prioritysticker erop. Heel ouderwets, maar de enige manier.

46

Ze scheurde stukken van het brood af en gooide die naar de ganzen. Drie vogels vraten van het brood, een vierde hield haar in de gaten. Er was haast geen spoor van sneeuw meer, het land dampte, tussen de stammen van de eiken in het bosje achter het ganzenhok was het al schemerig. Een paar schapen stonden rond het hooi, de meeste graasden. 'Vreemd,' zei ze. 'In het begin verdwenen ze heel snel en nu zijn er al een hele tijd deze vier over.'

De jongen zei niets.

'Ze zijn van niemand. Stel dat ik nu wegga.'

'Dan ben ik er nog.'

'Ja,' zei ze traag. 'Dan ben jij er nog.'

De jongen schraapte zijn keel.

Ze keek naar links. In het eikenbosje klonk een geluid

dat ze eerder gehoord had, maar niet meteen herkende. Tot de grote, bruine vogel zich losmaakte van een tak.

'Een vlieger!' zei Bradwen.

'Een vogel,' zei ze.

Hij zeilde laag over het land en verdween net als de vorige keer over de nok van het huis, die hij leek te gebruiken als springschans. De ganzen werden er onrustig van.

'Het is een rode vlieger.'

Ze kreeg het niet voor elkaar. Ze wist dat het iets anders betekende, het *kite* dat de jongen nu al twee keer uitgesproken had, ergens in haar hoofd zou iets moeten gebeuren; ongemerkt zou zijn Engels háár Engels moeten worden, ze zou simpelweg moeten begrijpen wat hij zei. 'Vlieger,' zei ze, in het Nederlands.

'Wat zeg je?'

'Vlieger. Ik begrijp niet wat je zegt.'

'Ik begrijp niet wat jij zegt.'

Het begon te bonzen in haar linkerslaap. Ze wilde 'kite' zeggen, dat wist ze precies, haar tong ging toch zekerrichting verhemelte, een beetje achterin, maar in plaats daarvan blies ze lucht tussen haar onderlip en boventanden en ontspande haar tong zich, niet eens echt onwillig, en eindigde op de grens van haar tanden en verhemelte. Bradwen begon onbegrijpelijke dingen te zeggen, hij stootte klanken uit, ze keek hem in zijn ogen, beet zich vast in zijn loens, in de hoop dat hij haar op een andere manier dan met woorden, klanken, iets duidelijk kon maken.

'*There, there.*' Dat begreep ze. Zijn armen om haar buik, weer alsof hij bang was dat er iets uit zou vallen, dat kende ze ook. Zijn adem in haar nek. De ganzen deden of ze niets zagen, ze waren witter dan zo-even, hun snavels nu bruinig, niet zo feloranje als in de sneeuw. Ga alsjeblieft een keer naar binnen, dacht ze. De schapen waren bijna onzichtbaar geworden. Haar handen om de bovenste plank van het hek. Alsof ze zich afzette, de jongen tegendruk gaf. Iemand die nu over het pad zou lopen, zou kunnen denken dat hij haar aan het verkrachten was. Heet een vlieger in het Engels naar die grote, bruine vogel? vroeg ze zich af. De wouw, al dan niet rood? Hij is me niet aan het verkrachten, dacht ze. Hij ontfermt zich over me. Hij is een lieve jongen. Een mooie vloerturner. En hij had allang weg moeten zijn.

'Ik moet een pil,' zei ze.

'Wat voor pil?'

'Een pil die de huisarts me vanochtend voorgeschreven heeft.'

'In Caernarfon?'

Ze bleef gewoon staan. Er viel weer normaal te praten met hem.

De jongen wreef met zijn onderarmen over haar buik, bleef in haar hals ademen. Niet zomaar meer een jongen, een zoon nu.

'Eén ding wil ik weten,' zei ze.

'Ja?'

'Hoe kan het dat jij vanmiddag, of vanochtend, dat weet ik niet meer...' Ik weet het echt niet meer, dacht ze. Misschien is het al de volgende dag? Ze keek naar het dampende land. Waar is anders die sneeuw zo snel gebleven?

'Ja?'

Niet de volgende dag dus? 'Waarom kwam jij van over de beek en de tuinmuur?'

‘Ik heb een omweg gemaakt via de steencirkel.’

‘Wat moest je daar?’

‘Kijken. Er lag sneeuw, ik had pootafdrukken kunnen zien.’

‘En?’

‘Niets.’

Geen dassen, geen vos. Geen hond. Jammer, dat Sam weg was. Als hij niet met de schapenboer was weggereden, had hij nu tegen haar benen aan gestaan, of tegen het hek, om bij haar handen te kunnen. Om ze te likken. De handen van het Alfavrouwtje.

47

Bij het kopen, schrijven en versturen van een kaart kwam nog heel wat kijken. Alleen al het kiezen ervan. Bij de buurt-Bruna stonden zeven draairekken vol. Het was ongelofelijk druk in de winkel, hij moest zijn krukken inzetten – ‘Kijk uit, Josje, die meneer wil er langs!’ – om ze te bereiken. Alles betekende iets, ze zou in elke afbeelding iets kunnen lezen. Uiteindelijk ging de keuze tussen een kaart met een nijlpaard of een met een hond. Hij trok de kaart met de hond uit het rek, vooral omdat ze nooit iets met zo’n huisdier had gehad en de afbeelding van een nijlpaard verkeerd begrepen zou kunnen worden. Een neutrale kaart. Bij het afrekenen dacht hij net op tijd aan de priority-stickers en postzegels.

De student. Ze had het hem zelf verteld, heel kalm. Hier in deze woonkamer, op een zondagavond. Hij was net terug van een rondje hardlopen, het was nog voor hij onder de douche stapte. Dat het allang over was, zei ze. Dat het de werkelijke reden was voor haar ontslag, liet ze erop volgen. Tijdens het lopen had hij de herfst geroken, had hij zich verheugd op wedstrijden met motregen. De najaarslopen. Zwetend, met een ruime borstkas, had hij in de woonkamer gestaan. Zo nuchter als zij het opbiechtte, zo kalm had hij het aangehoord. Nu wist hij dat ze iets anders verzwegen had. Een week hadden ze om elkaar heen gedraaid, daarna verdween ze. Twee dagen nadat ze was vertrokken, viel hem een lege plek in de kamer op. Nadat hij een rondje door het huis had gemaakt en zag dat er meer spullen ontbraken, had hij in een la van haar bureau een aantal briefjes gevonden met de tekst: *Our 'respected' Lecturer Translation Studies screws around. She is in no way like her beloved Emily Dickinson. She is a heartless Bitch.* Hij was naar haar op zoek gegaan. Hij ging langs bij zijn schoonouders, reed naar de universiteit. In een uithoek had hij nog één briefje gevonden, en toen wist hij zeker dat overal in het gebouw de tekst had gehangen. In haar werkkamer, die niet op slot was, en waar toch niemand zat – goed van vertrouwen waren ze, de academici – had hij zich eindelijk een voorstelling gemaakt van die student, een jongen die waarschijnlijk op deze plek geweest was, wiens naam hij niet eens kende, die er mogelijk zijn broek op de enkels had laten zakken. Dat beeld had hem aangegrepen. Niet een beeld van zijn vrouw, nee, die jongen. Zonder werkelijk te beseffen wat hij deed, had hij een paar boeken verscheurd en onder een bureau gesmeten. Met een doosje lucifers dat hij in een pennenbakje vond, had hij een boekverbranding aangericht. Toen dat nogal uit de hand liep, hij de hitte van het vuur op zijn gezicht voelde, had hij de deur opengetrokken en 'Brand!' geroepen. Hij was in de war, zeker, maar een pyromaan was hij niet.

Hij keek lang naar de hond op de kaart. Het dier ging hem niet vertellen wat hij schrijven moest. Er reed een groepje fietsers voorbij, giebelende meisjes, breeduit slingerend op de weg, mobiele telefoons in de aanslag. In het parkje aan de rand van de wijk waar hij woonde krijsten halsbandparkieten. Het was niet onaangenaam alleen in huis te zijn. Een glas rode wijn stond voor hem op de salontafel. Hij voelde zich rustiger, meer op zijn gemak. Vanuit de Bruna was hij naar de bloemenstal gehompeld, waar hij een grote bos gele tulpen had gekocht. Geen kerst, maar lente. Voorjaarslopen waren ook mooi, daar moest hij zich nu op gaan richten. Hij zag zichzelf alleen de deur uit gaan, alleen terugkomen, geen 'hallo' of 'dag', geen zuchten. De envelop had hij al geschreven en twee postzegels erop geplakt; in de winkel had hij niet stilgestaan bij het verschil tussen binnenland en Europa. Nu nog een tekst. Wat wilde hij haar zeggen? Als hij heel eerlijk was: niet veel. 'Ik kom,' schreef hij, met daaronder zijn naam. Snel stak hij de kaart in de envelop en likte die dicht. Daarna leegde hij het glas wijn en belde hij de agent.

48

Ze zag in dat Bradwen het grote kooktoestel al veel langer gekend moest hebben, aan het gemak waarmee hij ook nu weer de platen en de oven gebruikte. De lamsbout die hij erin geschoven had, inderdaad met stukken knoflook en ansjovis, at hij zelf maar op. Als ze eraan dacht, werd ze onpasselijk. Hoe kwam hij aan dat blikje ansjovis? Had hij dat eerder al gekocht? Ze stak een sigaret op. Hij moest het pakje onder de kerstboom hebben zien liggen, misschien verheugde hij zich op een cadeau, zoals zij vroeger ook begerig naar sinterklaascadeaus kon kijken, en wachten moest tot iemand zei dat ze iets mocht pakken en openmaken. Ze doodde toen de tijd door onverschillig uit het raam te staren. Ze smakte kort, er was iets vreemds aan de smaak van de sigaret. Zolang zij niets zei, kon hij niets doen.

'Morgen de rozen in de grond?' vroeg hij.

'Ja, dat kan.'

Hij ging aan tafel zitten, een beetje verloren.

'Of misschien nog even wachten,' zei ze.

'Het moet Sam geweest zijn,' zei de jongen. Hij had zijn handen losjes in elkaar geslagen en wreef afwisselend met de ene over de andere duim.

'Wat?'

'Vossen ruiken een hond.'

Ze probeerde terug te denken. Tien ganzen, acht ganzen, zeven ganzen. Ze zag zichzelf op haar knieën zitten, in het donker, stukken leisteengruis die in haar vlees drongen. Rond die tijd waren er vijf of vier, maar toen waren de jongen en de hond er nog niet. Of wel? 'Ken jij de bakker en zijn vrouw?'

'Ja.'

'Waarom heb je dat niet gezegd?'

'Je hebt er niet naar gevraagd.'

'Is er in Llanberis geen bakker?'

'Jawel. Mijn vader zei vroeger al dat die zijn hoofd liet hangen naar de toeristen, broodjes maakte waar niemand op zat te wachten. *Fancy stuff.*'

'Je hebt dus geen moeder meer?'

De jongen boog zijn hoofd. Hij keek naar zijn duimen, haalde zijn nagels door de rimpels op de knokkels.

Ik wilde helemaal niets over hem weten, dacht ze. Hij moest hier domweg zijn. Maar ook moest hij weg. En nu weet ik dat hij een halve wees is, en een zoon. Dat hij zijn vader alleen heeft gelaten en diens hond heeft meegenomen. Ze voelde zich moe. Ze wilde niets weten of horen over wat en hoe. 'Schenk eens iets in,' zei ze luid.

De jongen pakte de fles op die ze zelf ook had kunnen pakken en schonk twee glazen vol. Ze hief haar glas, de jongen hief het zijne. Ze keek hem aan, hij keek terug. De keuken rook naar vlees. Ze trok haar wenkbrauwen omhoog.

'Op het lam,' zei Bradwen.

'Nee,' zei ze.

'Op de rozen?'

'Ja.' Ze dronk.

De geur van het lam was minder erg dan ze verwacht had, met anderhalf glas wijn dronk ze haar lichte onpasselijkheid weg. Ze zeiden weinig tijdens het eten. De jongen at veel vlees, ze zag het er in gaan en stelde zich een lam voor, met gespierde billen, één bonk kracht en levenslust, springend door het heuvelland. Ze begreep waarom Bradwen zo pezig was, pezig en krachtig; robuust als het vlees dat hij at, waarschijnlijk zijn hele jeugd gegeten had. Ze zag hem zo nu en dan naar de kerstboom kijken, naar het pakje waarin hij sokken vermoedde. Hij maande haar niet meer te eten. Hij at en dronk, één moment vergat hij dat de hond er niet meer was, floot zachtjes.

Ze schudde haar hoofd. 'Nee,' zei ze. Ze was heel moe. 'Die is er niet meer.'

Toen hij klaar was met eten, stond hij op om de tafel af te ruimen.

'Laat maar,' zei ze. 'Dat doe ik zo wel. Kijk eerst eens onder de kerstboom.'

Hij deed niet net of hij verrast was, liep meteen op het pakje af, pakte het en liep terug naar de tafel. 'Sokken,' zei hij zacht, het klonk verwijtend, alsof hij terugdacht aan de ontmoeting met zijn vader. Hij legde het pakje op tafel en trok het plakband los, waarna hij het pakpapier openvouwde. Nam de muts in zijn handen, keek op, de loens iets schever dan anders. Daarna trok hij de muts over zijn zwarte haar.

Ze nam een slok wijn en volgde de jongen, die omhoogkwam uit zijn stoel en om de tafel heen liep. Hij kwam naast haar staan, zakte door zijn knieën en nog voor hij als Sam haar vrije hand begon te likken wist ze dat hij dat ging doen. Eerst staarde ze naar zijn pastelblauwe hoofd, zijn nek, waarin een rand haar omhoogkrulde vanonder de muts, en vandaar keek ze naar de kaarsen in de vensterbank, die bijna waren opgebrand. In de aardewerken schaal lag nog een flink stuk lam. Ze ging na of ze bevelen in het Engels kende. Moest ze nu iets zeggen als '*Down!*'?

49

In de nacht werd ze wakker. Het ruisen van de beek klonk tamelijk luid, het raam was een klein stukje opengeschoven. Was dat wat haar had gewekt? Was de wind gedraaid? Ze voelde zich opgeblazen, alsof ze een halve pan aardappelen had gegeten en een bordvol pastinaak. Uit de badkamer klonk gestommel. Bradwen zat op de wc. Ze draaide zich met moeite op haar zij, luisterde naar de beek. Stelde zich water voor dat dag in dag uit naar zee stroomt, zeewater dat verdampt, zoet dat wordt gescheiden van zout, wolken die naar het land drijven, regen die op de berg valt, water dat de beek voedt. Even later begreep ze dat de jongen niet op de wc zat, maar waarschijnlijk op zijn knieën ervoor. *Retching.* Ze kwam omhoog, sloeg de dekbedden van zich af. Het was fris in het slaapkamertje. Het was niet zomaar een opgeblazen gevoel, ze voelde zich beroerd. Zo beroerd dat ze nauwelijks overeind kon komen. Het licht op de overloop brandde, de deur van de badkamer stond wijdopen, ze liep er met een hand langs de leuning van het traphek heen. Bradwen had het licht niet aan gedaan en zat niet op zijn knieën, hij stond diep voorovergebogen bij de wc-pot, zijn handen op de rand. Zijn naakte rug als die van een ziek dier, gekromd maar krachtig, gewelfd en toch vol spanning. Een turner. Niet eerder had ze hem zo gezien. Ze legde haar rechterhand op zijn bovenrug, wreef zonder druk te geven van schouder via nek naar schouder. '*There, there,*' zei ze. Ze voelde een golf onder haar hand ontstaan, legde haar linkerhand op zijn buik, nog taniger dan anders stelde ze zich voor, aangespannen spieren, haar pink rustte op de boord van zijn onderbroek. Het was of niet hij maar zij ervoor zorgde dat hij kwijtraakte wat er uit moest. Hij braakte en spuugde, ze voelde hoe zijn lijf ontspande. Niet eerder had ze hem zo gevoeld. Hem zo vasthouden hield trouwens haarzelf ook op de been.

'Dat je nou zo ziek moet worden van het vlees van je vader,' zei ze.

Hij hoestte en spuugde nog eens. 'Het vlees?' zei hij. 'Ik heb het niet gegeten.'

'Wie zegt dat het niet jouw hand was?'

Ze keek naar de hand die op zijn schouder lag. Nee, dacht ze, het was de andere, de linker, de hand die nu op zijn buik ligt. Een besmette hand? De jongen kwam overeind, veegde zijn mond af, schudde haar door de beweging van zich af. Hij deed een stap opzij, draaide de kraan open en begon zijn tanden te poetsen. Ze kon zijn gezicht niet goed zien in de spiegel, met alleen het licht dat vanaf de overloop de badkamer binnen viel.

'*Only kidding*,' zei hij nadat hij zijn mond had gespoeld.

'Ja, natuurlijk,' zei ze.

Ze stonden tegenover elkaar, naast elkaar meer. Hij pakte haar hand, bracht die naar zijn mond. '*Only kidding*,' zei hij nog eens en zoende de hand. 'Tot morgen.' Hij liep de badkamer uit en trok de deur van de werkkamer achter zich dicht.

Haar eigen gezicht kon ze ook niet goed zien in de spiegel. Ze likte de rug van haar linkerhand, het smaakte naar haarzelf. Ze nam een pil in. Later, weer in bed, klonk het ruisen van de beek stroperiger en werd de kringloop van het water die ze zich opnieuw voorstelde oneindig veel groter, blauwer, witter, natter. Ze legde haar handen op haar buik. Zo was de jongen op de een of andere manier toch bij haar en ze meende zelfs de spanning die ze opgevangen had te voelen uitstralen op haar huid. Hoe makkelijk zou het geweest zijn haar ene hand iets te laten zakken, haar andere hand op zijn borst te leggen, hem tegen zich aan te trekken, zijn achterhoofd op haar schouder, de hals weerloos, zijn geur vermengd met zuur. Geven en nemen, dacht ze, in de denkbeeldige kringloop op het punt waar een wolk regen op de berg loslaat. Hij achter mij, ik achter hem. Weg moet hij, maar niet helemaal. 'There, there' en 'ach', veel meer is er niet.

Het stroperige stromen van de beek trok haar mee, haar gedachten rekten uit, bijna viel ze in slaap. Ze had nog net tijd om te denken hoe plezierig dat was, slapen. Hoe los van alles. Hoe vrij van dingen waar een mens zich niet-slapend druk over maakt, bevreesd voor is, als een berg tegenop ziet.

50

'Het moet de ansjovis geweest zijn,' zei Bradwen. Hij leunde op een roestige hark met een halve steel, waarmee hij bezig was de omgespitte grond te egaliseren. Hij was iets bleker dan normaal, misschien kwam dat door de nieuwe muts. Zijn eigen, oude muts was donkergroen. Eerder op de ochtend, tijdens het koffiedrinken, had hij hem niet afgedaan. 'Het was een blikje dat ik in een keukenkastje gevonden had. Wie weet stond het daar al dertig jaar.'

Ze leunde met haar rug tegen de muur van de oude varkensstal. De zon scheen, er was nauwelijks wind. Van sneeuw of winter geen enkel spoor meer, zoals eerder voelde ze warmte van de lichte stenen af stralen. Zoals eerder steeg de rook van haar sigaret loodrecht omhoog.

'Heeft ze het gekocht lang voor ik geboren was. Dat is een raar idee.'

Ze draaide haar hoofd. In het land aan de andere kant van de tuinmuur liepen geen koeien. Het voelde eenzaam. Een troepje luidruchtige zwarte vogels – ze probeerde ze niet eens te benoemen, de keuze was te groot, kraaien of eksters, kauwen, roeken, raven – vloog van de ene boomtop naar de volgende, het was of ze na een minuut al wisten dat de betreffende kruin niet geschikt was.

'Of kan zoiets, met olie, helemaal niet bederven?'

Hij was begonnen de tweede rechthoek aan te harken. De grond was lichtbruin, niet zwart. Geen enkele wolk dreigde. De ganzen, van waar ze stond niet te zien, klokten zachtjes. Tevreden, niet angstig. Ze luisterde wel naar de jongen, al kwam niet alles wat hij zei over. Mogelijk was hij blij dat hij niet misselijk meer was, zojuist bij de koffie alweer een koek had kunnen eten. Ze voelde geen enkele behoefte te antwoorden. Hij was aan het werk, zweette, voelde zich gezond en levend. Zij trok aan haar sigaret, die ze tussen de vingers van haar linkerhand hield, de hand die hij – voor hij met de ansjovistheorie kwam – al dan niet als grap verantwoordelijk had gehouden voor zijn gebraak. De geur van de oude vrouw hing weer om haar heen, of nog steeds, zelfs hier buiten in de open, frisse lucht, ondanks de sigarettenrook. Ze gooide de peuk weg en trok de deur van de stal open. Veel brandhout was er niet meer, de stapel was geslonken zonder dat ze het had gemerkt. De jongen zorgde al een tijdje voor de kachel en de open haard. Net zoals hij naar de Tesco ging en naar de bakker in Waunfawr. Ze kwam, buiten het laatste doktersbezoek, het erf niet meer af. Ze was hier gekomen en had haar wereld klein gehouden, vervolgens was ze naar buiten gegaan – ze had haar haren laten knippen, had heimwee gehad bij de koelwanden in de Tesco, was gaan lopen naar de bakker en in het waterreservoir gaan staan – en nu was de wereld weer beperkt. Het heimwee was weggeëbd, bijna ongemerkt. De tuin, het ganzenveld, het huis. Haar bed. Het plankje onder de spiegel in de badkamer. De doosjes met pillen. Een heel leven in een aantal maanden. Tot 1 januari. Want dit waren niet haar huis en haar tuin, dit was niet haar plankje onder de spiegel. Ze was een toerist, een toevallige voorbijgangster. Een buitenlandse, een Duitse, volgens de meeste mensen hier.

'Ik ga ze er in zetten,' riep Bradwen.

Ze staarde naar de groenige plavuizen op de keldervloer. Even stelde ze zich voor dat in de grote, zwarte wagen van de botte schapenboer Bradwen had gezeten, in plaats van de hond. Dat Sam hier nu rond zou scharrelen.

'Ik wil nog een boog,' zei ze. Nu de rozenstruiken in de grond zaten, bleef er niet veel van over. In de potten hadden ze veel groter geleken. 'Hier langs de rand van het pad, als poort naar het dwarspad. En dan moet je ook twee speciale rozen kopen, rozen die willen klimmen.'

'*Ramblers*,' zei de jongen.

'Heten die zo? Pak de auto en rij naar Dickson's Garden Centre.'

'Nu?'

'Waarom niet? Ik zal je geld geven.'

'Ja.'

Ze haalde honderd pond uit haar portemonnee en gaf hem de briefjes.

Toen hij weg was, tilde ze de deksel van de vuilnisemmer. Ze graaide wat rond en vond het lege, vettige ansjovisblikje. Ze liep ermee naar het raam boven de aanrecht. *Best before: June 1984* stond op de achterkant, niet echt met moeite te lezen. De jongen had nog gelijk ook.

Ze keek op. Uit een onzichtbare schoorsteen, verstopt tussen eikenbomen, steeg rook als op een lome junidag omhoog – rook van een kooktoestel, niet van een kachel – hommels en bijen walsten voor het keukenraam, vlinders gingen van rode roos naar gele roos; de tuinmuur was twee keien hoger, een boer was met een dofrode trekker gras aan het keren en de elzen langs de beek waren bolrond. Zij had een knotje in het haar en een schort voor, misschien al weduwe, misschien was die boer op de dofrode trekker meneer Evans, en stond ze op het punt hem iets te gaan brengen. In een rieten mand. Ze drukte haar buik tegen de rand van de aanrecht, overwoog koud bier in de mand te stoppen, twee flesjes, genoeg om Evans loom te maken, bereid even te gaan liggen onder een eik, het gras het gras te laten. Uitgestrekt in de schaduw, samen met haar. Warm, kleren uit.

Ze wierp het blikje terug in de vuilnisemmer en waste haar handen met ijskoud water. Ze trok haar wandelschoenen aan, zonder ze goed dicht te knopen. Daarna ging ze de trap op.

51

Weer had hij het portret van Dickinson met de voorkant naar de muur gezet. Met een zucht draaide ze het om. De jongen lag al weken in de mooiste kamer van het huis, de enige kamer met ramen aan twee zijden. '*Dual aspect*' zouden huizenzoekers in *Escape to the country* vergenoegd zeggen. '*So light and bright and airy in here!*' Al weken lag de open dichtbundel op de eikenhouten tafel, met de lege vellen papier ernaast, een potlood en een pen. In dat veel te dikke boek van Habegger werd het gedicht niet eens genoemd, laat staan besproken. Woedend werd ze ineens, niet alleen op de biograaf, dat oude wijf, maar ook op Dickinson zelf. Een dwingende vrouw die zichzelf wegstopte in haar huis en tuin. Die door alles wat ze deed of naliet woordeloos aangaf dat mensen niet op haar moesten letten, en ondertussen doodsbang was dat de genegenheid die ze anderen toonde, meestal in brieven, onbeantwoord bleef, en als een jengelend kind viste naar bevestiging. Een vrouwtje dat zichzelf klein maakte, angstig moest zijn geweest, brieven ondertekende met '*Your Gnome*'; dat tijdens de herdenkingsdienst voor haar dode vader in de grote hal angstvallig in haar kamer bleef, maar wel met de deur op een duidelijke kier, waardoor ze alsnog de meeste aandacht opeiste. 'Zelfs zonder haar aan te raken, zoog ze al mijn energie op. Ik ben blij dat ik niet bij haar in de buurt woon,' had een van de mannen met wie ze correspondeerde geschreven. Een vrouw die witte kleren was gaan dragen, als een maagd. Nu pas besefte ze dat die woede haar aangezet had een proefschrift te schrijven, om de in haar ogen voor een groot deel overschatte gedichten aan een kritisch onderzoek te onderwerpen. Bijna als een afrekening. 'Niet goed,' zei ze zacht. 'Helemaal niet goed.'

Ze pakte de dichtbundel en de biografie en nam ze mee naar beneden. De wandelschoenen klosten luid op de houten treden van de trap. Voor ze naar buiten ging, gooide ze de biografie in de vuilnisemmer, bovenop het lege blikje ansjovis. Nog minder goed was het dat ze zich er nu, hier, nog steeds over opwond. De dichtbundel legde ze op tafel. Ze ging op een stoel zitten en trok de veters van haar schoenen stevig aan.

Ze stak de beek over en probeerde niet te denken aan de afstand die ze moest afleggen. Stap voor stap haar eigen pad over. Ze had een elzentak uit de stapel gehaald, een tak die tot iets boven haar middel kwam. Die zwaaide ze nu naar voren, zette hem neer en zwaaide hem weer naar voren. Bij de stiles had ze haar handen meer dan nodig, pas als ze aan de andere kant stond, liet ze de paal of de bovenste plank los. Het was stil in het eikenbos, van de met mos begroeide stammen en takken sloeg een lichte damp. Nergens liepen dieren. Geen koeien, geen schapen, zelfs geen grijze eekhoorns. Ze kon zich voorstellen dat eekhoorns, alle wilde dieren met een ruwe vacht, een winterslaap hielden. Ze kreeg het warm. Uit de kraag van haar dikke jas steeg een bekende geur op. De geur van de weduwe Evans.

Bij de steencirkel wilde ze eigenlijk gaan zitten, besloot toch door te lopen. De stenen waren droog, het korstmos lichtgrijs en vaalgeel. Een heel vage geur van kokos hing rond de gaspeldoorns. Ze liep het natuurlijke dijkje tussen de stugge graspollen op. Van de grote zwarte runderen geen spoor, ze hoorde geen vogels. Helemaal alleen liep ze hier, het was alsof ze er niet was. Ze stak het weiland naar het waterreservoir over, via de staande steen, waar ze met de elzentak tegenaan sloeg. Het water lag er vandaag niet bij als een pasgepoetst zilveren dienblad, een bijna onmerkbare bries deed het rimpelen. In de verte bruiste het door het bakstenen gebouwtje. Ze huiverde bij de gedachte dat ze nog niet eens zo lang geleden in het reservoir had gestaan, haar lichaam gebroken had gezien door de breking van het licht, de luchtbelletjes aan haar schaamhaar, de kleine visjes bij haar tenen. Ze liep naar de grote kei waarop ze de vorige keer haar kleren had gelegd, ging zitten en stak een sigaret op. Over een ongeziene weg reed een auto. Met de stok roerde ze in het water, waardoor golfjes ontstonden die de windrimpelingen doorbraken. Ze bleef kijken naar zo'n golfje tot het stukliep op de oever tegenover haar. Toen ze een trek van haar sigaret wilde nemen, merkte ze dat haar mond niet meer dichtging. Ze raakte in paniek, duwde met een hand tegen haar kin en nog lukte het haar niet aan de sigaret te trekken, het voelde als die keer dat een kaakchirurg een verstandskies uit haar bovenkaak had getrokken en er een opening was ontstaan naar de neusholte, waardoor het vacuüm dat nodig is om een sigaret te kunnen roken er niet meer was. Ze wierp de sigaret in het reservoir en ademde een paar keer diep door haar neus, wat alleen lukte door haar tong tegen het verhemelte te drukken. De tong werkte nog, en iets later kreeg ze het voor elkaar haar mond te sluiten. Ze stond op, voelde haar knieën knikken en liep, zwaar leunend op de stok, in de richting van de staande steen. Daar rustte ze even uit, legde een hand op de koude bovenkant en keek naar de bomen die aan de rand van het glooiende weiland stonden.

Voor ze aan de klim begon, zag ze de dofrode trekker met een leep glimlachende boer Evans erop voor zich, en kettingen, diepe sporen in het gras. Misschien had mevrouw Evans – nog geen weduwe – ook wel geholpen de steen rechtop te krijgen, en had er aan de rand van het water een rieten mand met broodjes, twee peren en limonade gestaan. Mogelijk hadden ze gelachen, gehold, in het gras gerold.

Niets had ze willen weten. Ze had de verleiding weerstaan op internet dingen na te lezen. Ze was vertrokken. Als een oude kat die met rust gelaten wil worden. Niet dat ze zoiets ooit zelf had meegemaakt, in het smalle huis in De Pijp had nooit een kat gewoond. Haar oom had katten. 'Als ze weg zijn, zijn ze dood,' had hij gezegd, waarna tante had geknikt. Ze keek nog eens achterom, naar het water, en dacht aan hem. Waarom was er toch nooit iemand die op zulke momenten zei: 'Ga maar. Toe maar.'? Waarom had het voltallige keukenpersoneel z'n best gedaan hem uit die vijver te krijgen, droge spullen aan te trekken, zijn schoenen op de oven te zetten? Om hem de gelegenheid te geven een wandmeubel te bouwen? '*Wall unit,*' zei ze, en liep door.

Tegen de tijd dat ze voor de tweede keer aankwam bij de steencirkel, was het licht er veranderd. De bloemen van de gaspeldoorn donkerder geel, het stugge gras anders groen. Ze ging zitten op de grote kei en durfde een sigaret in haar mond te nemen, al trilden haar handen en liet ze de aansteker na het aansteken vallen. Nog steeds een grote stilte. Dassenvrouw zonder das, dacht ze. Ze voelde haar benen zwaar worden, haar rug stram, haar armen loom. Hij kwam niet, misschien bezig met een winterslaap. Was een das niet een soort kleine beer? Langzaam legde ze het laatste stuk naar het huis af. Ze bleef lang staan op de balken over de beek, keek naar het water dat omlaag stroomde. Het borrelde en bruiste. Helder, ijskoud water.

52

Bradwen had de boog al in de grond. Ze bleef even achter de muur staan, op de plek waar hij er weken geleden overheen gesprongen was. Dat was erg knap van hem, de muur kwam tot aan haar borst. Hoorde ze hem nou zachtjes en tevreden fluiten? Nog knapper was het dat Sam over de muur had kunnen springen. Ze volgde het pad naar de kissing gate in de buurt van de oude stal. De wandeling van de steencirkel naar huis had de zwaarte en de stramheid in haar benen en rug niet helemaal verdreven. Tegen een zijmuur stonden twee klimrozen, in één ervan zat een bloem.

Bradwen draaide zich om. 'Kijk,' zei hij.

'Mooi. Heel goed. Ik kom zo.' Ze zette de elzentak naast de buitendeur tegen de muur en ging het huis binnen. In de badkamer schudde ze alle strips met pillen uit de doosjes, nam een pil in met een paar slokken water en ging de trap weer af. In de woonkamer trok ze de deur van de kachel open en wierp de doosjes in het vuur. Pas toen ze zag dat ze goed vlam vatten, liep ze naar buiten. Ze dacht aan het recept, zag het papiertje over de toonbank in de apotheek gaan. Dat zou ergens opgeslagen zijn, gearchiveerd, maar dat gaf niet, want alleen de naam en het adres van de huisarts stonden erop, niet haar naam en zeker niet haar adres. De zon was verdwenen, een rode gloed hing boven het ganzenveld. Over een half uur zou het donker zijn, misschien een paar minuten later dan gisteren, vrijwel onmerkbaar. Over een paar dagen was het kerst.

'Wil jij ze erin zetten?'

'Goed.'

De jongen liep naar de stal en pakte de potten op. Hij trok de rozen er aan de stam uit. Hij had al twee gaten gegraven en deels gevuld met tuinaarde, de zak lag onder de boog op het leisteengruis. 'Kijk uit dat je je niet prikt.'

Ze liet de eerste klimroos in een gat zakken en wilde door de knieën gaan.

'Laat mij maar.' Hij zat al op zijn hurken, vulde het gat met tuinaarde en drukte het stevig aan met zijn schoenen.

'Je bent niet alleen een turner,' zei ze, 'maar ook een tuinman.'

'Ach welnee, dit kan iedereen. Heb je een stuk gelopen?'

'Ja.'

'Hier.' Hij gaf haar een paar groene draadjes. 'Als jij deze aanbindt, zet ik de andere erin.'

Ze prutste twee takken tegen de boog aan en toen Bradwen aan de andere kant de struik in de grond had staan, bond ze ook daar twee takken vast. De roos – hij was vaalwit, meer een knop dan een bloem – wiebelde aan een veel te dunne tak, maar brak niet af. De jongen ging naar binnen en kwam even later naar buiten met een grote pan. Pas toen hij de pan bij de ene roos schuin hield, er water uit gulpte, begreep ze wat hij deed. Hij wierp de pan op het gras, zette zijn handen in zijn zij en zuchtte tevreden. 'Het is tijd voor je favoriete programma,' zei hij.

'*This ticks all the boxes*!' riep een verwend wijf. Zij en haar al even verwende man hadden een budget van achthonderdduizend pond, toch wilde de huizenjacht niet erg lukken. Hij wilde *contemporary*, zij wilde *character features*. Regel dat goddomme onderling, dacht ze, en val ons er niet mee lastig. '*This doesn't do it for me*,' zei de man. '*Not at all*.' Ze kreunde. Bradwen bracht haar zonder verder commentaar een glas witte wijn, ze zag hem pas toen hij vlak bij haar stond. Hij was op L- en R-kousenvoeten aan komen sluipen. Vis, dacht ze. Hij zorgt goed voor me. De jongen sloop de kamer weer uit. Hij had de nieuwe muts niet afgezet. De rechterkant van haar gezicht gloeide door de warmte die van de kachel af sloeg.

Ze ging een beetje onderuit zitten en liet haar hoofd tegen de rugleuning van de bank zakken. Hoewel er op de tv inmiddels over een *typical Victorian hallway* gesproken werd, zag ze de kapsalon van Shirley voor zich: Rhys Jones die met zijn grote handen de sigarettenrook van zich af wappert, de huisarts in de kobaltblauwe kapperscape, adertjes in zijn oogwit gesprongen van het roken, een vreemd geile trek om zijn mond, de kapster die schril lacht, waarbij de pezen in haar hals en nek obsceen door de huid steken en haar borsten meedeinen, de huis-, tuin- en keukentijdschriften met groene pompoenen; en daar gaat de deur open en komt warempel de bakker binnen, die moest ook nodig weer eens zijn haar laten knippen, zijn vrouw Awen duwt hem over de drempel, haar permanent is wat uitgezakt en lusteloos en over een paar dagen is het immers *Christmas Day*; het is nu wel erg druk in de kapsalon, onder het tijdschriftentafeltje ligt een bordercollie, hij likt de poot af, misschien heeft er niet lang geleden een andere hond gelegen; daar gaat de telefoon, Shirley neemt op en zegt stomverbaasd: '*Yes, he is here, are you gifted with something paranormal?*' En Rhys Jones neemt de hoorn van haar over, heeft een kort gesprek met zijn makelaarvriend, verzekert hem met een lachje dat die vrouw uit het huis zal vertrekken, vertelt hem ook dat hij haar bepoteld heeft, dat ze een *glorious ass* heeft, en dat ze maar wat graag op zijn avances inging, ergens jammer dat ze weggaat en dat niemand weet waarheen; vreemd genoeg wordt er niemand geknipt, gewassen of geföhnd, iedereen zit en spreekt en rookt, regelmatig valt het woord *badger* en dan beginnen ze allemaal te lachen, behalve de vrouw van de bakker en de hond, honden lachen niet en deze hond lijkt steeds verder van de mensen weg te willen kruipen; bij de deur staan plastic kratten met daarin grote brokken vlees, straaltjes waterig bloed lekken op de stenen vloer; Shirley vraagt aan de schapenboer hoe het met zijn zoon is, wat die tegenwoordig uitvreet, de schapenboer verbleekt, fluit zijn hond onder het tijdschriftentafeltje vandaan en gaat bij de deur bijna onderuit door de plas bloed die zich daar gevormd heeft, zijn hond likt de vloer. '*Enjoy your lamb,*' zegt Rhys Jones voor hij de deur met een klap achter zich dichttrekt. 'Emily' klinkt het nu in de kapsalon. 'Emily.' Onduidelijk wie het zegt. De huisarts kijkt betrapt, vraagt als een slecht acteur over wie ze het hebben.

Bradwen stond naast de bank. 'Het eten is klaar,' zei hij, misschien wel voor de tweede keer.

Op de tv zat een team slimme mensen een quiz te spelen, *eggheads* heetten die hier. Eierhoofden, bollebozen, mensen die afstuderen op zo iemand als Emily Dickinson.

53

De jongen had nieuwe kaarsen in de standaards in het raamkozijn gezet. Ook op tafel brandde een kaars. De dichtbundel van Dickinson lag naast haar bord, dicht. Op het bord weer haddock, met aardappelpuree en venkel. Eten zonder kleur.

Ze ging zitten, keek hem aan. Dacht aan de bijna onderdanige manier waarop hij anderhalf uur geleden voor haar gewerkt had. Aarde had aangestampt, water had uitgegoten. 'Waarom ben je niet weggegaan?' vroeg ze.

'Wie moet er anders koken?'

'Ik kan ook koken.'

'Wie moet de rozen in de grond zetten? Wie doet de boodschappen? Wie houdt de kachels brandend?'

'Waarom?'

De jongen keek haar aan. De muts stond hem erg mooi, zelfs aan de eettafel.

'Heb je die pan al binnengehaald?'

'Nee,' zei hij.

'Waarom?' vroeg ze nog eens.

'Vraag ik jou iets?' zei hij. 'Kijk liever eens onder de kerstboom.'

Ze keek opzij. Er lag een pakje. Voor ze opstond om het te pakken, nam ze nog een flinke slok wijn. Ze bleef even bij de kerstboom staan met het cadeau van Bradwen in haar hand.

'Sokken,' zei ze zacht.

De jongen grinnikte. 'Die vrouw weet niet waarover ze het heeft.'

Ze scheurde het papier eraf. Hij had eenvoudigweg een

muts voor haar gekocht. Een ongelofelijk lelijke muts, paars met geappliqueerde bloemetjes, in allerlei kleuren, die vrijwel allemaal vloekten met de basiskleur. Een hippiemuts, er hingen zelfs twee koordjes aan de zijkanten. Ze slikte en was blij dat ze half van hem afgewend stond. Nog eens slikte ze, voor ze de muts over haar hoofd trok. Hij paste perfect. 'Precies wat ik nodig had,' zei ze, draaide zich om en ging aan tafel zitten.

Bradwen keek vergenoegd en at.

Ze dronk en prikte in de vis.

'Wat is dat met die Dickinson?' vroeg hij, terwijl hij met de opscheplepel vol aardappelpuree naar de dichtbundel gebaarde.

'Ja. Dat wilde ik jou ook vragen.'

'Hoe bedoel je?'

'Waarom draai jij steeds haar portret om?'

'Die priemogen.'

'Het is een foto.'

'Dan nog. *She gives me the creeps*. En jij?'

'Ik hield me vanwege mijn werk met haar bezig.'

De jongen kauwde. 'Hm.'

'Ze had ook een hond.'

'O ja?'

'Ja. Carla.' Ze kneep met duim en wijsvinger haar lippen tot een rondje. Dat beest heette Carlo, de naam zat in haar hoofd, ook hierover had ze zich opgewonden bij het lezen van Habeggers biografie omdat de man de hond welgeteld vier keer noemde, een Newfoundlander was het, zo'n enorm harig beest, ze had er nog een afbeelding van opgezocht, en hij heette Carlo. Een angstig vrouwtje dat als enige vriend een grote hond heeft, en het boeide Habegger niet. Nu ze haar mond tot een rondje had geknepen, probeerde ze het nog eens. 'Carla.'

'Een schoothondje,' zei de jongen.

'Nee, een heel grote.' Ze streek met de rug van haar hand over haar warme voorhoofd, dronk haar glas wijn leeg. 'Schenk nog eens in.'

Gehoorzaam pakte Bradwen de fles op. 'Rare naam voor een grote hond.'

'Ja.' *Funny name for a big dog.* Ze wist dat het iets betekende, kon de vertaalslag niet helemaal maken. Ze wilde naar boven, naar het plankje onder de spiegel. Niet één maar twee pillen. Ze stond op. Liep via de doorgang naar de kamer, ging de trap op. De jongen riep haar niets na. Ze knipte het licht in de badkamer niet aan, graaide naar de strips met pillen, durfde zichzelf aan te kijken, met licht dat van achteren kwam. Gelukkig had ze een afgrijselijke muts op, een carnavalsgeval, niet serieus te nemen. 'Carlo,' zei ze. 'Oo.' Ze zag haar mond open- en weer dichtgaan, vaag, zonder kleur. Het rook er naar de weduwe Evans, natuurlijk, alsof die tien minuten geleden uit het bad gekomen was, zich afgedroogd had, zo nu en dan een hand op de rand van de wasbak zettend. Ze klokte twee pillen naar binnen met een enkele slok water. Toen ze weer overeind kwam, bungelden de koordjes vrolijk na.

'Je rookt niet,' zei de jongen. Hij had afgeruimd, het eten van haar bord in de vuilnisemmer laten glijden. Nu stond hij af te wassen.

'Wat?'

'Ik heb je vanochtend, toen ik aan het harken was, voor het laatst zien roken.'

Ze keek om zich heen. Het pakje sigaretten lag niet op tafel. Traag stond ze op, zette zich voor ze begon te lopen af aan de rugleuning van de stoel.

'Het hoeft niet hoor,' zei hij zonder zich om te draaien.

Ze pakte haar jas, die op de stoel naast het dressoir lag. In een van de jaszakken voelde ze het pakje sigaretten. In de andere jaszak vond ze niet de aansteker. Nu ze toch naast het dressoir stond, deed ze de radio aan. Muziek. Er was iets wat ze wilde doen, wat ze moest doen. Ze dacht na. Ze hoorde dat Bradwen toe was aan het bestek, vanuit de woonkamer klonk het knappen van brandend hout. De radio stond zacht. Iets. De pillendoosjes waren al weg. Ze zag de aansteker uit haar hand glijden, hoorde hem met een droge tik van de kei op het gras vallen. 'Gooi mij die lucifers eens toe,' zei ze.

De jongen pakte het doosje lucifers uit de vensterbank en wierp het met een boog in haar richting. Ze wilde het uit de lucht pakken, stak veel te sloom een hand uit, of misschien vloog het doosje te snel. Het ketste via het dressoir op de vloer vlakbij de kerstboom. Ze moest bukken, viel om. Onmiddellijk stond hij naast haar.

'Laat maar,' zei ze. 'Niet erg.'

Hij gaf haar een hand en trok haar overeind.

Ze ging aan tafel zitten en stak eindelijk de sigaret op. Afgrijselijk was het, bijna weerzinwekkend. Alsof ze veertien was, voor het eerst een Camel zonder filter rookte, die haar oom haar gegeven had. Dat moest een van de laatste keren geweest zijn dat ze bij hem mocht logeren. Ze hoestte en probeerde het nog eens. Je kon toch niet zomaar iets wat je jarenlang lekker gevonden had smerig vinden? Bradwen stond nog steeds bij haar in de buurt, ergens bij haar elleboog. Alleen al het idee van een rookwolk die via de mond en luchtpijp in de longen terechtkomt, stond haar zo tegen dat ze het niet eens voor elkaar kreeg in te ademen. Ze drukte de sigaret uit.

De jongen kuchte. 'Koffie?' vroeg hij daarna.

'Nee.' Ze dronk haar glas leeg. Stond op en liep de woonkamer in. Zette de tv aan, ging op de bank zitten. Ze hoorde dat hij de radio uitdeed en verder ging met de afwas. Het bewoog en het maakte geluid voor haar ogen, alles een tel uit het lood. Een brede sloot, meer een vaart, een bootje met twee mannen erin. Ze trokken korven uit het water, in een ervan zat een paling, die werd eruit geschud. Vangst met vijfennegentig procent gedaald sinds het vervangen van de houten sluisdeuren, vertelde de visser. In het land naast de vaart stond een enkel schaap. Ze kwam onmiddellijk omhoog en ging terug naar de keuken.

'Wel koffie?' vroeg de jongen.

'Nee.' Ze liep naar de vriezer en trok hem open, pakte de brokken vlees eruit en legde ze in de plastic krat, die nog naast de vriezer stond.

'Wat ga je doen?'

Ze gaf hem geen antwoord, pakte de krat op en liep ermee naar de woonkamer. De jongen hield haar scherp in de gaten. Als een hond. Oren gespitst, blik alert, wachtend op een bevel. Ze moest de krat op de grond zetten om de buitendeur open te kunnen trekken. Het was niet koud, hoewel er geen wolk te zien was. Een enorme hemel stond boven het huis en de tuin. Het eerste stukje had ze licht, dat door het keukenraam naar buiten viel. Buiten de strook licht bleef ze even staan om haar ogen aan het donker te laten wennen. De beek bruiste en het leisteengruis onder haar blote voeten knarste. Ze pakte de stijfbevroren stukken lam een voor een uit het krat en gooide ze met alle kracht die ze in haar armen had in het water. Zwaar als een kei was elk brok vlees, als keien zouden ze op de bodem van de beek liggen. Ze staarde naar het donkere water waarin de enorme hemel langzaamaan steeds zichtbaarder werd, de lege krat losjes in haar hand. Stoppen met roken, dacht ze, dat is iets wat gezonde mensen doen. Toen ze terugliep naar de deur, zag ze de witte rozenknop oplichten. Ze had een warm hoofd, misschien was de muts wel van echte wol. Schapenwol.

Van boven kwam gerommel toen ze de buitendeur achter zich sloot. 'Wat gebeurt daar?' riep ze het trapgat in. Ze veegde het gruis van haar voeten.

Bradwen kwam de werkkamer uit. 'Ik ben de nieuwe slaapkamer aan het inrichten.'

Lastig was het, omhoogkijken, nadat ze zopas een tijd omlaag had gekeken.

'Je ligt nu voor de open haard. Die moet ik nog wel even aansteken.'

'En jij dan?'

'Op de divan. Zoals gewoonlijk.'

'Godnogaantoe,' zei ze zacht, en in het Nederlands. Nu pas, na maanden in het huis te hebben gewoond, besefte ze dat de kachel in de woonkamer en de open haard boven hetzelfde rookkanaal deelden. 'Na de kerst ben je weg,' zei ze.

'Ik dacht het niet,' zei hij en kwam de trap af.

54

Ze werd wakker omdat de jongen twee blokken hout in de open haard legde en een tijdje blazen moest voor er weer vuur kwam. Hij kroop terug op de divan. Eerder had hij beide ramen op een kier gezet, anders was het niet uit te houden in de werkkamer.

'Het was hier heel anders toen Sam er nog was,' zei hij.

Ze zei niets. Keek naar het plafond.

'Zo'n hond kan niet een hele nacht doorslapen, die gaat rondscharrelen. Hij kwam aan me snuffelen, hij jankte.'

'Hij ging zelfs naar beneden.'

'Nee, dat dan weer niet. Hij bleef wel de hele tijd hier.'

Ze zuchtte, draaide haar hoofd in zijn richting. Bradwen lag half onder het dek, met zijn handen in zijn nek. 'Hoe laat is het?'

'Geen idee. Een uur of drie?'

Haar hele lichaam leek gevuld met zware dingen. Beton, lood, eiken balken. Ze wilde niet eens proberen zich op haar zij te draaien. Ze dacht aan de nacht dat Bradwen gebraakt had, het idee dat iets van de spanning in zijn lichaam op haar afgestraald was, via haar eigen handen. 'Jij bent ook aan het rondscharrelen,' zei ze.

'Nu even. Het vuur was bijna uit.'

Nee, haar lichaam zelf was zware dingen, een buik van beton, benen als eiken balken, bloed als vloeibaar lood.

'Hoe heet je echt?' vroeg de jongen.

Ze dacht even na. 'Emilie.'

Bradwen draaide zich heel makkelijk op zijn zij, liet de rechterhand onder zijn wang liggen, krabde met de linkerhand op zijn borst. Zijn ogen gloeiden in het licht van het vuur.

‘Hoe heette de weduwe Evans van haar voornaam?’

‘Dat weet ik niet. Voor mij was ze mevrouw Evans.’

‘Kwam je hier vaak?’

‘Vroeger, ja.’

‘Heb je meneer Evans ook gekend?’

‘Nee. Hij ging dood toen ik twee of drie was.’

‘Ruik je haar nog?’

‘Wat?’

‘Of je mevrouw Evans ruikt, hier in huis.’

Hij tilde zijn hoofd van zijn hand af. ‘Nee.’

‘Ik wel.’ Ook hier in de werkkamer was de beek duidelijk te horen. Duidelijker nog omdat het raam aan de oprijpadkant dichter bij het water lag dan het raam in haar slaapkamer. Anders klonk het, alsof het een andere beek was. Of een ander huis.

‘Hoe lang,’ zei ze, na een lange pauze. ‘Hoe lang denk je dat de geur van de hond bij het ganzenveld blijft hangen?’

‘Best lang, denk ik.’

‘Hm.’ Het hout in de open haard knapte. Ze voelde de warmte bovenop haar hoofd. Vroeger, dacht ze. Wat wil zo’n woord zeggen als je twintig bent? Ineens schoot haar iets te binnen. ‘Hoe kan het dat jij niet van de steencirkel wist?’

‘Daar wist ik wel van.’

‘Je zei van niet.’

‘Nee hoor. Ik zei “niks van gemerkt”. Het was mistig die dag.’

‘En je vroeg me hoe je bij de berg moest komen.’

‘Niet hoe, ik vroeg of je een voorstel had hoe ik er het mooist kon komen.’

'Lieg je nou of hoe zit dat?'

'Nee, ik lieg niet. Lieg jij?'

'Ja. Aan één stuk door.'

De jongen grinnikte. Zijn borst bewoog.

'Je vader wilde me vertellen hoe ze aan haar einde gekomen is.'

'Ja?'

'Maar dat wilde ik niet horen.'

'O?'

'Ik wilde hem zo snel mogelijk weg hebben.'

Weer grinnikte hij.

'Naar jou wil ik wel luisteren,' zei ze, hoewel ze ineens haar ogen nauwelijks open kon houden.

De jongen kwam van de divan af en trok zijn dekbed mee. 'Schuif eens een stukje op.'

Ze deed wat hij vroeg, legde haar armen naast haar lichaam op het dekbed. Hij kwam naast haar liggen, half onder zijn eigen dekbed, zijn hoofd ter hoogte van haar borsten. Dat had iets onderdanigs, het deed haar terugdenken aan de nacht waarin Sam naar beneden was gekomen, zijn kop op haar knieën had gelegd.

'Ik heb haar gevonden,' zei hij.

'Jij?'

'Heeft mijn vader iets anders gezegd?'

Ze dacht na. 'Hij deed voorkomen alsof hij er alles van wist.' Het Engels kwam met moeite, vertalen kostte kracht.

'Dat is ook zo. Ik heb hem haar na mij laten vinden. Dat gunde ik hem.'

De jongen praatte. Ze moest haar best doen erbij te blijven, niet af te dwalen, geen gat te laten vallen omdat het makkelijk was hem in klanken te horen praten. Het was zomer – afgelopen zomer nam ze aan – en hij wilde mevrouw Evans weer eens zien, misschien wel voor de laatste keer, ze was immers boven de negentig. Hij was op de fiets vanuit Bangor gekomen, geen enkele andere fietser was hij tegengekomen, de mensen hier fietsen niet, terwijl er naast het treinstation wel een fietsenverhuur zat, voor toeristen die daar niet kwamen. Over de oprit, het gras in het land stond heel hoog, dat had hem aan zijn vader doen denken, dat die zijn maai-afspraak blijkbaar niet, of nog niet, nagekomen was. Typisch zijn vader. Sam was er niet bij, die had hij thuisgelaten, op haar vraag waar dat was, thuis, antwoordde hij: Liverpool. Of dat de stad was waar hij studeerde? Ja, aan *Hope University,* niet aan mijn vader vertellen. Van Bangor naar hier was een kilometer of vijfentwintig, hij wist niet of Sam dat aan kon, rennend naast een fiets. En er was natuurlijk altijd de kans dat uitgerekend op die dag, op dat tijdstip, zijn vader er zou zijn, zijn vader van wie hij de hond had gestolen. Hier had ze hem kunnen onderbreken, ze had het warm gekregen, door het vuur en door de zomer waarover hij sprak, maar ze kon het niet opbrengen haar mond open te doen. Hij had de ganzen gezien, die stonden op een kluit bij elkaar, vlak bij het houten schuurtje. In het huis had hij niemand gevonden en ook niet onder de knotelzen langs de beek, daar zat ze vroeger wel op warme dagen. Zijn fiets had hij tegen de zijmuur van de varkensstal gezet. De ganzen klokten opgewonden. Hij was erheen gelopen, de beesten deden hem denken aan een groep mensen die geil van opwinding rondom een verkeersslachtoffer stonden. Hij klom over het hek, de ganzen stoven weg, en op de plek die ze hadden verlaten lag ze. Aangevreten. Hij wist niet of ganzen dat deden, stelde zich voor dat het eerder een vos was geweest, of een roofvogel. Een kite. Niet vlieger, dacht ze op dat moment, maar wouw, en ze deed haar ogen open, zodat ze het plafond in de werkkamer zag, en niet een ganzenveld in de zomer met daarin een oude, dode vrouw. Lang had hij niet gekeken, het ergst vond hij dat haar jurk omhooggeschoven was. Hij was het ganzenveld uit gerend, kort ervoor had hij honger gehad, op de fiets had hij zich verheugd op grote stukken zelfgebakken taart, dat kon de weduwe Evans als geen ander: taart bakken. Hij besefte dat hij iemand zou moeten bellen. Hij had zijn fiets gepakt en was naar de weg gefietst. Daar, bij het hek dat altijd openstond, had hij zijn vader gebeld, hij ging ervan uit dat die niet in huis was op dat tijdstip. Hij had zijn best gedaan anders te praten, met een diepe stem had hij een kort bericht ingesproken op het antwoordapparaat. Hij was teruggefietst naar Bangor, had de huurfiets ingeleverd en was in de trein gestapt. Overstappen in Chester, Liverpool Lime Street eindstation. Het meisje dat de studentenkamer naast hem bewoonde, vertelde hem dat de hond onafgebroken gejankt had en vroeg hem voortaan het beest dan maar bij haar te brengen als hij nog eens van plan was hem alleen achter te laten.

Een meisje, dacht ze. 'Zien we die vader van jou hier nog eens?' vroeg ze.

'Dat denk ik niet. Hij heeft zijn hond terug en jij bent niet op zijn toenaderingen ingegaan.'

De jongen was bijna ongemerkt bij haar onder het dekbed gekomen, ze moest even de controle over haar linkerarm kwijt geweest zijn. Ze liet het gaan, dit lichaam vol van zware dingen kon wel wat hebben. Hij gaf iets af, een soort stroom; zijn borst zinderde, zijn hand smeulde, zijn adem was heet, als die van een blije hond. Hoe zou het voelen als ze niet haar slaaphemd aan had? Ze wilde het uittrekken, maar het vuur had haar loom gemaakt en bovendien was het 't holst van de nacht; moe was ze, doodmoe. 'Kan jij...?' vroeg ze, terwijl ze haar hoofd iets optilde van het kussen.

Hij begreep het. Even later lagen ze als twee pubers, behoedzaam met de onderbroeken aan, naast elkaar. Zij op haar rug en hij op zijn zij, nog steeds iets lager, zijn neus tegen haar bovenarm, zijn armen tegen haar heupen. Armen vol spanning, ze voelde het stralen. De beek bruiste. Precies op het moment dat het geluid van het stromende water over zou gaan in slaap, zei hij: 'We gaan naar de berg. Overmorgen. Eerste kerstdag. Dan rijdt de trein.'

Goed, dacht ze. Naar de berg, dat zal nog net gaan. 'Ga jij morgen naar de bakker? Kerstbrood kopen? Doe ze dan allebei de groeten. De allerhartelijkste groeten, van de Nederlandse vrouw.'

De jongen maakte een keelgeluid, hij viel in slaap. Vond hij haar oud en lelijk? Rook hij iets aan haar? Ze zuchtte diep en sloot haar ogen. Niet aan denken. Niet nu.

55

De jongen was naar de bakker. Te voet. Ze had het huis voor zichzelf tot hij terug zou komen met vers brood. Daarna moest hij nog naar de Tesco voor de kerstinkopen.

De radio stond aan. Ze zat aan de keukentafel, met de muts op haar hoofd. Voor haar de dichtbundel van Dickinson, opengeslagen op de bladzijden 216 en 217. ~~Spreid ruim dit bed~~ en ~~Spreid dit bed breeduit~~ had ze opgeschreven en doorgekrast. De eerste had een lettergreep te weinig en de tweede alliteereerde, terwijl dat in het oorspronkelijke gedicht niet zo was. *Spreid dit bed met zorg* was de uiteindelijke vertaling. De tweede regel was ook doorgestreept. ~~Spreid het met ontzag. D~~aar had ze *Spreid het ademloos* van gemaakt. De derde en vierde regel had ze op een apart vel papier geschreven, waarop verder overal losse woorden stonden. ~~Oordeelsdag~~ bijvoorbeeld, ~~schitterend, eerlijk~~ en ~~rechtvaardig~~. Ritme is hier het allerbelangrijkst, had ze gedacht. Ze schreef die vier regels op een derde vel papier en staarde uit het raam. De bloeiende plantjes bleven maar bloeien, Dickson's Garden Centre leverde goed spul. De ene na de andere kerstevergreen kwam uit de radio, om de drie nummers vertelde een rustige stem wat er gedraaid was. Ze liep vast op de eerste regels van het tweede kwatrijn, begreep niets, nog steeds niet, van die vreemde gebiedende wijs. *Be it's matress straight / Be it's pillow round.* ~~Wees het harde matras~~ had ze al snel doorgestreept op een van de kladvellen, net als ~~Wees het kussen, zacht en rond~~. Nu ze die beide regels nog eens bekeek, zag ze dat de eerste één lettergreep en de tweede twee lettergrepen te veel had.

De geur van de weduwe Evans werd te sterk, ze moest naar buiten. Ze trok haar jas niet aan; niet naar buiten zonder jas is voor gezonde mensen die bang zijn voor een verkoudheid, dacht ze. Onder de rozenboog bleef ze staan, staarde naar het nieuwe leisteenpad dat doodliep op het gazon. Dat kan niet, zag ze. Daar aan het einde moet iets staan, het pad moet ergens naartoe leiden. Een zuil misschien, met een grote pot erop. De beek ruiste, de omgevallen eik lag doodstil, ze kon zich niet voorstellen dat de elzen ooit nog zouden uitlopen, zo levenloos zagen de stompen eruit. Ze sloeg de hoek van het huis om. De ganzen liepen in het gras te pikken. Nog steeds vier. Ze vroeg zich af of vossen ook een winterslaap houden. Volgevreten in een hol, de neus tussen de voorpoten, tevreden zuchtend zo nu en dan? Ze legde haar handpalmen tegen haar slapen, omdat ze merkte dat ze de dingen die ze dacht afmat in ritmische lettergrepen, en verwijderde het 'zo' uit haar laatste gedachte. Er was geen wind, geen zuchtje. De ganzen zagen haar staan, begonnen zacht te klokken. Ze leunde tegen de dikke muur. En zullen de vogels, net als die hond volgens de jongen meende dat ik een hond was, denken dat ik een gans ben? Nee, ik lijk op een kalkoen, dacht ze, en trok aan de koordjes van de paarse muts.

Een paar minuten later zat ze weer aan de keukentafel. Ze hield zich niet bezig met wat ze op de vellen papier had geschreven, ze bladerde door de afdeling NATURE. Na een tijdje, ze was bijna door dit deel van de bundel heen, begonnen de letters door elkaar te lopen, werd het lezen steeds moeilijker. Geen enkele keer de woorden *goose* of *geese*. Net wat ze dacht. Alleen maar *bees* en *butterflies* en *robins*. Ze snoof, sloeg het boek dicht en schoof het van zich af. Sleepte zich de trap op, drukte een pil uit de strip, ging de trap weer af en schonk zichzelf een glas witte wijn in. Nam de pil in met de wijn. Toen ze voetstappen hoorde op het leisteengruis, was alles weer plezierig onscherp.

Hij zou het brood binnenbrengen, daarna zouden ze misschien nog even over een boodschappenlijst praten, en hij zou weer vertrekken. Ze zou hem opdracht geven te vertrekken, als een hond. Hij zou overbodige spullen gaan kopen. Daarna, mogelijk na een tweede pil, zou ze voorbereidingen gaan treffen. Brood en wijn naar de oude varkensstal brengen, kussens en kleden, een kaars bijpunten met een scherp mesje en in een lege wijnfles steken, een pakje lucifers erbij. De komende nacht mocht hij tegen haar aan liggen, zijn hoofd lager dan haar hoofd, zijn brede duimen op haar borsten, als hij dat tenminste aandurfde.

Bradwen kwam binnen. Hij zette zijn rugzak op de tafel en trok de muts van zijn hoofd. 'Je krijgt de groeten terug,' zei hij. 'De vrouw van de bakker vroeg wanneer je zelf weer eens kwam.'

Ze schudde haar hoofd.

'Zit je wijn te drinken?'

'Eén glas.'

'Ze is lid van een leesclub. Ze zei dat ze het leuk zou vinden als jij daar ook bij zou komen.'

'Een leesclub.'

'Ja. Ze heeft me zelfs de titel van het boek verteld dat ze nu aan het lezen zijn.'

Ze keek hem aan. Zijn haar zat tegen zijn voorhoofd geplakt en zoals gewoonlijk haalde hij er niet een hand doorheen. De grijze ogen, loens, waardoor het zo moeilijk was te zien wat er in hem omging. Hij was anders, echt anders, sinds de hond er niet meer was. Het is zijn eigen schuld, dacht ze. Ik heb hem meerdere keren weggestuurd. Water, schoot haar te binnen. Water moet er ook bij, wijn alleen is niet genoeg. Terwijl ze de boodschappenlijst die op de keukentafel lag bijwerkte, probeerde ze zich de gezichten van de makelaarvriend van Rhys Jones en dat van Rhys Jones zelf voor de geest te halen, niet het quasi-joviale van de eerste, een paar maanden geleden, of het versteende van de tweede een dag of zeven terug, maar de verbaasde gezichten, over ongeveer een week. Het lukte half, ze had geen enkele herinnering aan de makelaar. Ze tikte een sigaret uit het pakje en stak hem aan met een lucifer. Zonder nadenken nam ze een diepe trek en wist niet wat haar overkwam, het was zo vreselijk dat ze niet eens de tijd nam de sigaret met haar vingers uit haar mond te nemen, maar hem domweg uitspuwde. Hij kwam neer op een van de beschreven vellen. Toen de jongen merkte dat ze hem niet zelf op ging pakken, deed hij het en drukte een duim op het walmende papier. Daarna liep hij naar de gootsteen en hield de sigaret onder de kraan. Hij gooide hem in de vuilnisemmer.

'Rookte de weduwe Evans?' vroeg ze, nadat ze een slok wijn had genomen, en nog eens hard moest slikken om een opkomende onpasselijkheid eronder te houden.

'Nee.' De jongen bleef bij de gootsteen staan.

'Je moet boodschappen gaan halen.'

'Ga je mee?'

'Nee. Ik heb dingen te doen.'

Hij gebaarde naar de tafel. 'Was je aan het werk?'

'Je kunt ook wegblijven,' zei ze.

'Hoe bedoel je?'

'Ik bedoel wat ik zeg.'

'Je blijft het proberen, hè.'

Ze wilde hem in zijn ogen kijken, wat niet lukte omdat

het raam, het licht, achter hem was. 'Zeg niet dat ik je niet gewaarschuwd heb,' zei ze.

Hij bleef nog even met zijn kont tegen de aanrecht staan, begon daarna het brood uit de rugzak te halen. 'Ik mis Sam,' zei hij. 'En verder zeg ik niets.'

Ze snoof. De oudewijvengeur was door haar uitstapje naar buiten, en ondanks de windstilte, tijdelijk verwaaid. Nu steeg de lucht weer op uit haar kleren, sloeg hij van haar schouders af. 'Wegwezen,' zei ze.

Hij pakte de boodschappenlijst. 'Waarom moet ik zoveel water kopen?' vroeg hij.

'Het water uit de kraan begint me tegen te staan,' zei ze.

'Heb je wat geld voor me?' vroeg hij.

56

De boot zou met vertraging vertrekken. Er zat iets in een van de schroeven, via de omroepinstallatie werd meegedeeld dat duikers bezig waren het euvel te verhelpen. Wat dat euvel was, werd er niet bij gezegd. De man en de agent dronken een tweede glas whisky. Het was druk op de boot. Overal nepkerstbomen, lichtjes, luidruchtige Engelsen en stille Nederlanders. Op een klein toneel was iemand bezig de mensen te vermaken. Ze zaten aan een rond tafeltje dat aan de vloer genageld was, aan de rand van de zaal, bij een raam waarlangs aan de buitenkant straaltjes regenwater liepen. Door het raam zicht op een enorme vlakte met helverlichte petrochemische industrie. Ergens diep onder hen stond de auto van de agent, tussen een paar honderd andere auto's. Kerstavond. Windkracht vijf à zes, noordwest.

'We komen dus niet om negen uur aan,' zei de man.

'Geeft niet,' zei de agent. 'We hebben de tijd. Toch?'

'Ja.' Hij nam een slok whisky, tot twee keer toe gehaald door de agent aan een bar met veel messing. 'Een mooie Schotse whisky,' had hij gezegd. 'Single malt.' Het smaakte rokerig, naar turf. De agent had er verstand van, de man dronk nauwelijks sterkedrank. Nu hij hier zat, herinnerde hij zich een overtocht die hij lang geleden gemaakt had, met een vriend van de middelbare school. Ze hadden gin-tonic gedronken, omdat ze naar Engeland reisden. De vriend had de hele nacht staan kotsen in een gemeenschappelijke wc op de gang, zelf had hij de misselijkheid bezworen door urenlang over zijn borstbeen te wrijven, onbeweeglijk op zijn rug op een smal bedje in een cabine zonder raampjes, twee wildvreemden in het stapelbed naast hem. Toen kende hij de vrouw nog niet. Nu kende hij haar wel en nu dronk hij whisky, een drank voor volwassen mannen, dacht hij, en evengoed, of meer nog, bracht het hem in de stemming voor Engeland. In zijn reistas, tientallen meters lager in de kofferbak, zat een door de schoonmoeder gebakken marmercake. Dat was traditie: als ze op reis gingen, leverde zij een marmercake, op te eten op de plek van bestemming, of dat nu een camping of een hotelkamer was. Alsof dit een doodgewone vakantie was, alsof ze niet eens had gemerkt dat haar schoonzoon niet met haar dochter maar met de agent op reis ging. Hij keek naar de man op de stoel naast hem. Hij nam net een slok whisky, keek naar een roodharig meisje dat op het toneel een hoedje opgezet kreeg door de animator, liet de drank door zijn mond gaan voor het door te slikken. Zelfs in burgerkleren zag hij eruit als een agent, wat ook zo kon zijn omdat hij wist hoe de man eruitzag in zijn uniform.

'Ik zie er tegenop,' zei hij.

'Zo hard waait het niet,' zei de agent.

'Nee, niet de overtocht.'

'O, dat.'

'Ja, dat. Ik wou dat dit gewoon een reis was.'

'Stel je het zo voor.' De agent dronk van zijn whisky, leek zich op zijn gemak te voelen.

De man keek naar het toneeltje, waar nu ook een clown was verschenen. Het rook naar kroketten in de grote ruimte. 'Ik ga zo liggen, hoor,' zei hij.

'Prima,' zei de agent.

De hut leek in niets op het krappe hok vlak bij de machinekamer dat hij kende van meer dan twintig jaar geleden. Twee bedden, boven elk bed een kunstwerk, ertussenin een groot raam, een halletje met daarin een wc met wastafel en een kledingkast. De man zat op een van de bedden en stak een breinaald tussen het gips en zijn onderbeen. De agent kleedde zich uit en vouwde zijn kleren netjes op voor hij ze op een bankje legde. Hij verdween in de wc. Het bromde en schudde in de cabine, het schip leek weg te willen terwijl iets het tegenhield. De donkere, koude zee. Het krabben met de breinaald gaf nauwelijks verlichting. Hij hoorde de agent spugen, de kraan werd opengedraaid, even later trok hij de wc door. Anton heette hij.

Uren later werd de man wakker. Het schip was onderweg, rees en daalde. Ergens in de diepte jankte een autoalarm, onafgebroken. Hij spande bij elke beweging, omhoog en omlaag, heen en weer, zijn spieren, hij deinde tegen alsof hij het schip behoedde voor ondergang. Had die vriend van de middelbare school hem wijsgemaakt dat je misselijkheid eronder houdt door over je borstbeen te wrijven? De lamp aan het plafond gaf nog steeds licht, was na het uitknippen overgeschakeld op een soort noodstand. De agent sliep, ademde regelmatig, een hand op de blote borst. Hij was heel erg af, op de een of andere manier. In hoe hij deed, in hoe hij eruitzag. Heel kort, zwart haar had hij. De man wilde van het schip af, hoopte dat het al bijna ochtend was en het niet lang meer zou duren voor ze in Hull aankwamen. De kans bestond dat ze nog maar net uit Rotterdam vertrokken waren. Hij keek niet op zijn mobiele telefoon, die als wekker en klok op het plankje naast zijn bed lag. Wreef over zijn borstbeen, ademde diep in en uit. Ongelofelijk hoe eenzaam het in de hut was, met dat zwakke maar toch heel aanwezige licht, een slapend mens naast zich, jassen aan de kapstok die in een regelmatig ritme loskwamen van de wand en er weer tegenaan vielen. Hij zou eruit kunnen gaan, de bar zou open kunnen zijn, misschien was zelfs de clown nog niet van het toneel verdwenen. Hij stelde zich de reis van zijn kaart voor, waarschijnlijk door de lucht. *Ik kom.* En dan? dacht hij. Toen het licht begon te worden, was door het raam niets dan grijs water te zien.

De boot kwam met een vertraging van vier uur aan in Hull. De ochtenduren waren vreemd geweest, het was niet de bedoeling dat de reizigers zo lang op deze boot waren. Er liep weinig personeel rond, er was geen vermaak, de speelruimte was leeg. Deze boot was niet ingericht op eten, vertrok om negen uur 's avonds, kwam de volgende ochtend om negen uur aan. De man en de agent hadden geen ontbijtruimte kunnen vinden. Overal zaten of liepen mensen met hun koffers of rugzakken, ze konden niets anders doen dan afwachten.

Nadat de agent zijn auto zonder problemen van de boot had gereden en bijna als vanzelf links ging rijden, vertelde zijn navigatiesysteem hem in het Nederlands hoe hij rijden moest. Bram heette de stem. De agent had een auto waar de man zich, als hij er zo een in Amsterdam zag rijden, licht aan ergerde. Groot en zwart. Hij keek om zich heen. Het was grijs, Hull was afzichtelijk, aan zijn linkerhand een breed water, nergens een heuvel te bekennen. Hij was doodmoe en zijn been jeukte vreselijk, hij had er niet aan gedacht de breinaald uit zijn tas te halen. Misschien had hij die zelfs op de boot laten liggen. 'Dank je Bram, nu weten we het wel,' zei de agent, nadat de stem bij een opeenvolging van rotondes de ene na de andere aanwijzing had gegeven.

'Kunnen we zo ergens koffiedrinken?' zei de man.

'Daar heb ik ook wel zin in,' zei de agent. 'En iets eten.'

Kort daarop werd een *Little Chef* aangegeven. De agent parkeerde de auto en hielp de man eruit, gaf hem zijn stokken. De man liep achter hem aan naar binnen, stond achter hem bij een geldautomaat, bij de zelfbediening, rekende na hem af, voor hen beiden, ging na de agent aan een tafeltje bij het raam zitten en keek toe hoe de agent een broodje kip at. Zelf had hij een broodje bacon en ei genomen, en een grote koffie. Zwijgend aten en dronken ze. Toen ze klaar waren, haalde een medewerkster met een rode puntmuts hun lege borden en mokken van de tafel.

'*Did you enjoy your meal, guys?*' vroeg ze. De agent zei dat het hem goed gesmaakt had, de man knikte en slikte de laatste hap door. '*Have a wonderful Christmas,*' zei de medewerkster en liep naar de volgende tafel, om daar de boel op te ruimen, dezelfde vraag te stellen en een goede kerst te wensen.

'Ik moet nog even naar de wc,' zei de man.

'Ja,' zei de agent.

Ze stonden naast elkaar voor een urinoir, er was verder niemand, uit onzichtbare luidsprekers kwam kerstmuziek.

'Zou jij mij een keer Anton kunnen noemen?' vroeg de agent.

'Jawel,' zei de man. Een van de stokken, die tegen de tegelwand naast het urinoir stonden, gleed weg, hij maakte een beweging om hem tegen te houden, liet daarbij zijn geslacht los, wat de urinestraal meteen onderbrak.

De agent had de stok al te pakken, met zijn linkerhand. Heel rustig piste hij door. 'Anton,' zei hij. 'Zo heet ik.' Hij zette de stok tegen de wand, schudde zijn geslacht uit, stopte het in zijn broek en trok de rits dicht.

Toen de man zijn handen waste, zag hij in de spiegel een natte vlek in zijn broek.

Voor ze in de auto stapten, en elk aan een kant stonden, keek de agent op zijn horloge. 'Het is nu al bijna drie uur,' zei hij. 'We... Nee, het is bijna twee uur. Maar dan nog is het allang donker als we er aankomen.' Het dak van de auto kwam tot aan zijn keel.

'Ja?' zei de man. Hij wilde de auto in, het gipsbeen uitstrekken, wat lukte als de stoel zo ver mogelijk naar achteren geschoven stond. Hij wilde zijn ogen dichtdoen, luisteren naar Bram, die trefzeker aangaf dat ze bij een volgende rotonde rechtuit moesten, de tweede afslag links. Zelf had hij een Lucy in zijn auto, een stem met een Vlaamse tongval, die hem regelmatig maande om te keren, wat natuurlijk aan zijn eigen manier van rijden lag. Bram klonk zekerder van zijn zaak.

'Moeten we niet een hotel nemen?'

'Ja,' zei de man.

'Het komt niet op één dag aan, toch?'

'Nee,' zei de man.

'Gaat het?' vroeg de agent.

'Ik weet niet wat ik moet doen als we er aankomen.'

'Moet je dat weten? Je merkt wel wat er gebeurt.'

'Ja,' zei de man.

'We kunnen ook naar het noorden rijden,' zei de agent. 'Schotland is minder ver.'

'Nee.'

'We kunnen het wat uitstellen. Als jij dat wilt.'

'Nee.'

'Dan gaan we. We zien wel waar we stoppen.'

De man legde een hand op het dak van de auto. 'Misschien was het anders geweest als we kinderen hadden.'

'Welnee. Kinderen. Dat zijn lastpakken.'

'Dat zeg jij.'

'Ja, dat zeg ik. Je moet dingen niet af laten hangen van andere dingen.' De agent trok het portier open en ging achter het stuur zitten.

De man had nu vrij zicht op het witte mannetje met de koksmuts in een rood vlak. Achter het logo was de lucht egaal grijs, een vlag op het lage dak van het wegrestaurant hing tegen de vlaggenstok aan. De agent had de auto al gestart. Hij trok het portier open en ging zitten, zette het gipsbeen in een goeie positie en liet zijn andere been er naast rusten. Half over de schouder van de agent keek hij naar zijn handen, die het stuur draaiden, lieten glippen en opnieuw vastpakten. Bram gaf aan dat ze naar links moesten, terug de A63 op. *Goole* stond op de borden, en *Castleford* en *Leeds*.

Een paar uur later, voorbij Manchester, stond een groot bord langs de snelweg dat *Holiday Inn Runcorn* aangaf. Het was donker en erg druk op de weg. 'Het is genoeg voor vandaag,' zei de agent. 'Eten en drinken.'

De man keek naar de handen op het stuur, een zilveren ring om de duim van de rechterhand. Het licht van de koplampen scheerde langs een rij gedrongen coniferen aan de rand van de parkeerplaats.

Probeer om te keren, zei Bram.

De agent lachte.

57

's Ochtends vroeg keek ze naar de tv. In een uitgebreid weerbericht was de kaart van het Verenigd Koninkrijk te zien. Vrijwel overal was het bewolkt, behalve het noorden van Wales, en nadat de wolken in beweging waren gezet, bleek dat het pas de komende nacht ook hier bewolkt zou raken, vanuit het westen. De temperatuur was mild voor de tijd van het jaar, de weerman wenste haar een *Merry Green Christmas*. Ze deed de tv uit en liep naar de keuken om brood te gaan smeren. Ze stak vier bananen in haar rugzak en twee plastic flessen water en het brood in de rugzak van de jongen. Weifelend keek ze naar het pakje sigaretten dat midden op de keukentafel lag, stopte het toch maar in de tas. Ze trok haar bergschoenen aan en keek even om de hoek bij de voordeur om te zien of de elzentak daar nog tegen de muur stond. Die moest ze niet vergeten. Er stonden nog sterren aan de hemel, iets verblekend al. Ze zette de paarse muts op. 'Kom!' riep ze onderaan de trap.

De jongen had het aangedurfd haar borsten te strelen, al had ze hem wel moeten aanmoedigen. Huiverend had ze op haar rug gelegen. Zijn hete adem langs haar hals, de warmte van het vuur in de open haard, niet bovenop haar hoofd, maar aan de zijkant van haar lijf, hij had de matras een kwartslag gedraaid, ergens overdag moest hij dat gedaan hebben. Het portret van Dickinson had hij, met het gezicht omlaag, op de werktafel gelegd. Ze hadden langs elkaar heen de dag doorgebracht, hij weg, zij op en neer naar de varkensstal, hij terug, zij voor de tv, hij in de keuken, steeds maar eten maken om dat pezige lamslijf te voeden, het lamslijf dat tegen haar aan lag, zij in het leeuwenpotenbad met Native Herbs om de oudewijvengeur te verdrijven. 'Je hebt haar weggelegd en omgekeerd,' zei ze, nadat ze zich op haar zij had gedraaid. 'Ja,' zei hij, zijn lippen heel dicht bij de hare, voorzichtig in haar mond ademend. '*Spooky woman*.' Hij kan het uit me zuigen, had ze gedacht. Misschien kan hij het verdrijven. 'Moeten we niet...' had hij gezegd, zijn lamslijf boven haar, zijn vuisten naast haar bovenarmen, een pees die dwars over zijn borst liep sidderde. Ze had zijn kont gestreeld, geen antwoord gegeven, langs zijn borst naar zijn gretige geslacht gekeken en hem heel langzaam omlaag getrokken. Bescherming, had ze gedacht, dat is iets voor gezonde mensen. Ongelofelijk warm was hij. Warm en jong en levend. Ze had zoals gewoonlijk geen keuze kunnen maken, hem recht aankijken was niet mogelijk, toch bleef ze kijken omdat ze hoopte dat hij langzaam aan zou doen, dat ze niets zou hoeven zeggen, dat zijn lamslijf haar lijf zou aanvoelen, er zich werkelijk naar zou voegen. Ze had heel strak in die nu donkere ogen gestaard, precies op het moment dat het ene oog iets opzij trok en ze hem wel, heel kort, recht aan kon kijken, terwijl hij juist in die paar tellen waarschijnlijk niets zag. Ze had heel diep gezucht, hij had geen geluid gegeven. Bijna meteen wilde hij van haar af. 'Nee,' had ze gezegd en hem juist stevig tegen zich aan getrokken, zijn vochtige borst tegen haar borsten. Met de gespreide vingers van haar linkerhand had ze eindelijk eens het haar van zijn voorhoofd gekamd. De jongen had haar in de hals gelikt. En was niet ziek geworden. Later was hij op zijn divan gaan liggen, nadat hij de laatste blokken hout in de open haard had gelegd. Heel stil had hij dat gedaan, geen enkel botje in dat pezige lijf had gekraakt. Ze had op haar zij gelegen, starend naar het vuur. Ze rook zichzelf en ze rook de jongen, de geur uit het begin, die combinatie van zoete sokken en bitter blad. Hij had een beetje gesnurkt, het was meer een zacht fluiten. Ze had op dat moment in slaap willen vallen, eigenlijk het liefst tegelijk met hem, ten minste één ding samen. In plaats daarvan was weer de oudewijvengeur losgekomen, vanuit het bed, of de vloer, of haar eigen lijf. Ze had stil gehuild, en gedacht dat ze zich niet langer moest verzetten, en was uiteindelijk – terwijl de beek onophoudelijk ruiste, en ze zich het huis voorstelde, de ganzen en de schapen, de elzen en de gaspeldoorns, het waterreservoir, de steencirkel en de rozentuin; haar eigen, kleine wereld – in slaap gevallen.

De jongen had niets uit haar gezogen, had het niet verdreven. Ze voelde haar lichaam, waarin erg weinig energie zat. De trein reed langzaam, dikke stoomwolken – witte en zwarte – trokken langs de ruiten. Een conducteur met een ouderwetse kaartjesmachine voor zijn dikke buik kwam hun kartonnetjes knippen, en even later duwde een oude man zelfs een wagentje met versnaperingen door het gangpad. Vrijwilligers. De jongen nam een beker koffie en een stuk *fruitcake*. Zij betaalde, omdat ze zag dat hij geen aanstalten maakte zijn portemonnee erbij te pakken. Hij was niet anders dan op andere dagen, hooguit een beetje opgewonden door het vooruitzicht een berg te beklimmen. Ze zaten in gecapitonneerde fauteuils en niet, zoals ze zich had voorgesteld, op houten banken. In een Pullman-rijtuig, 1e klasse, roodbruin aan de buitenkant. Zij had de kaartjes betaald. De jongen had de auto naar Caernarfon gereden. Ze zaten tegenover elkaar, in dit rijtuig was het onmogelijk naast elkaar te zitten, zij reisde vooruit, Bradwen achteruit. Vlak naast haar hoofd deinde een crèmekleurig gordijntje. Buiten lagen groene en bruine velden, overal stenen muurtjes, kale bomen met grijze stammen, de heuvels aan de linkerkant van de trein werden steeds hoger.

'Weinig sneeuw,' zei de jongen, met een mond vol fruitcake, zijn gezicht tegen de ruit aan gedrukt. 'Misschien op de top. We moeten er zo uit.'

Ze zei niets. Heel weinig zou ze zeggen vandaag. Ze vertrouwde het niet helemaal meer.

Het station van Rhyd Ddu bestond uit één perron met een houten wachthok en een paar rechthoeken met keien en plantjes. In de verte stonden een paar huizen. Ze stapte uit en moest haast haar adem inhouden, zo fris rook het er. Fris en scherp, en ze had geen flauw idee wat ze rook. Dode varens? Keien en rotsen? Water? Pure lucht? Er was nog een handjevol mensen uit de trein gestapt. Ze keek langs een licht hellende heuvel omhoog. 'Kom,' zei de jongen. Ze pakte de elzentak stevig vast en liep achter hem aan. Via de kleine raampjes in het wachthok die samen één groot raam maakten, scheen de zon in haar gezicht. Een perronwachter stak als een eerzuchtige filmfigurant een spiegelei in de lucht. De trein trok op, stootte zwarte wolken uit.

Langs een schuurtje dat deed denken aan de oude varkensstal ging een breed pad omhoog, met een berm in het midden. De jongen liep voor haar uit, zonder om te kijken, en ze wilde niet nu al vragen of hij zijn tempo laag kon houden. Ze richtte zich op haar stok en op haar ademhaling. Zo nu en dan keek ze voor zich, of om zich heen. Schapenland zonder schapen, een vervallen stenen muur, gaasafscheidingen, wandelaars. Toen ze achterom keek, zag ze dat zij en de jongen de laatste lopers waren. Het tractorpad slingerde langzaam omhoog, ze ademde gelijkmatig in en uit, regelde het zwaaien van de elzentak af aan het ademritme. Waarom keek die jongen niet één keer naar haar om? Kijken, dacht ze. Ruiken, voelen. De zon schijnt.

'Wachten!' riep ze.

De jongen bleef staan tot ze vlak achter hem was, en liep daarna verder. Nog steeds ging het tamelijk makkelijk, erg hard steeg het niet. Heel in de verte, een stuk hoger, waarschijnlijk op de top, stond een bouwwerk. De top was helemaal wit.

'Zie je die bult daar iets rechts?' vroeg de jongen.

Ze keek langs zijn gestrekte arm. 'Ja.'

'Daar lopen we nu heen. En zie je ook die bergrug, links daarvan, die nu lager lijkt dan de bult?'

'Ja.'

'Dat is de graat waarover we naar de top gaan.'

'Hoe lang is dat nog?'

'Het lijkt verder dan het is.'

'O.'

'Yr Wyddfa heet de berg. Begraafplek.'

Ze keek naar haar voeten. Het pad, de kleine stenen, het platte, korte gras. Ze was niet draaierig, wel leek haar uitzicht te verschuiven, haar schoenen, het uiteinde van de stok vormden een vast punt. Vandaag, na het innemen van twee pillen, was de pijn ver weg. Ze had eigenlijk verbazingwekkend weinig pijn gehad, het zat 'm meer in een vaag maar hardnekkig gevoel van aftakeling, een kleiner worden van haar lichaam, het met haar stembanden spuien van woorden die niet in haar hoofd zaten. Misschien had ze geen pijn gehad omdat ze vrijwel aan één stuk door pijnstillers slikte. De jongen had net iets totaal onbevattelijks gezegd, ze had begrepen waar hij het over had omdat ze de voorkant van de Ordnance Surveykaart voor zich zag. *Snowdon / Yr Wyddfa*. Het kon haar niets schelen wat die naam betekende. De jongen was er eigenlijk al niet meer, wat haar betrof kon hij praten wat hij wou, veel meer dan

'O', 'Ja' of 'Nee' zou er bij haar niet uitkomen. Misschien viel hij wel van de berg af. Ze haalde diep adem, het scherpe was nu uit de lucht. Het pad, zijn hielen, het gras. Lopen. Doorlopen. Ineens was er een afgrond, nadat ze een bocht naar rechts hadden gemaakt en door een gloednieuwe kissing gate waren gegaan. Een enorme leegte aan haar linkerhand, in de diepte een paar kleine meertjes. Misschien val ík wel van de berg af, dacht ze. De muts jeukte, de koordjes zwaaiden hinderlijk heen en weer. Ze probeerde uit alle macht dit een dag als andere dagen te laten zijn, die zwiepende paarse koordjes hielpen daarbij, net als het zekere pad. De zon die de meertjes in een rode en blauwe gloed zette. Rood en blauw. Nietig leken ze van hierboven. Niet veel groter dan een, zeg, hotelvijver. Waarschijnlijk waren ze wel dieper. Ze dacht aan de bananen in haar tas, of zaten die nou in Bradwens rugzak? Hij had in elk geval het water. Misschien was morgen ook nog een dag als andere dagen, daar was ze niet over uit.

'Ik heb dorst,' zei ze.

De jongen bleef staan en deed de rugzak af. Hij haalde er een fles water uit en gaf die aan haar. Ze dronk, het water liep langs haar kin. Snel gaf ze hem de fles terug. Hij dronk ook, maar niet nadat hij een duim in de hals gestoken had en de fles kort rondgedraaid had tussen die duim en een wijsvinger. Nee, hij had in de trein niet net gedaan alsof er niets gebeurd was. Ze haalde haar hand langs haar kin. 'Verder,' zei ze.

Had het echtpaar Evans ook weleens deze berg beklommen? Ja toch zeker? Of was een berg hier net als het Stedelijk Museum voor haar in Amsterdam? Zo dichtbij en vanzelfsprekend dat je er dus nooit naartoe ging. Ze stelde zich de jongen voor als boer Evans, in zijn jeugdjaren, op een mooie zondag, en ze zag zichzelf als de jonggetrouwde boerin Evans, die geen enkele aandacht heeft voor de afgrond, de meertjes, zwarte vogels, alleen maar naar de rug van haar man kan kijken, verlangend naar kinderen. 'Hé,' riep ze. 'Had de weduwe Evans eigenlijk kinderen?'

'Nee,' zei de jongen, die alweer een meter of tien voor haar liep. Even draaide hij zich om, liep daarna verder. 'Anders hadden die toch wel in jouw huis gewoond nu. Of het in elk geval verkocht.'

Op slag was ze moe en weduwe, drong de oudewijvengeur weer haar neus binnen. De jongen liep steeds verder bij haar weg. Haar botten kraakten, haar eksterogen speelden op, de wind blies een lok dun, grijs haar los uit het knotje. Ik wist dat toch al? dacht ze. Rhys Jones heeft het me verteld. Rhys Jones, zijn vader. Waarom loopt die jongen steeds zo hard bij me weg? Ze keek iets naar links, langs de bergrug naar de top. Die leek nog heel erg ver. Het was er wel erg wit, het bouwwerk zou ook een enorme hoop sneeuw kunnen zijn. Dat haal ik nooit, dacht ze. Ineens wilde haar ene been niet meer.

Tante die als een fanatieke supporter oom staat aan te moedigen. Ze heeft iets in haar hand, een voorwerp. Oom die sneller en sneller bouwt, zaagt, lakt, timmert. Katten die onder de bank vluchten. 'Geen wandmeubel,' zegt ze. 'Geen wandmeubel.' Tante lacht, blijft aanmoedigen, schreeuwt oom vooruit. Haar moeder is er ook. *Zo doe je dat! Gewoon dingen doen!* Een van de katten, de oudste, een lapjeskat, sluipt naar buiten.

'*Wall unit?*'

Ze opende haar ogen. De jongen was heel dicht bij haar.

'Wat?'

'Je hebt het over een wandmeubel.'

'Welnee.' Traag kwam ze wat overeind. Fel zonlicht, haar schouder raakte iets. Een overblijfsel van een muurtje. Ze duwde zichzelf verder overeind met haar armen en leunde tegen de scherpe stenen, de rugzak als een lastige bochel tussen haar rug en het muurtje. Steeds hadden ze omhoog gelopen, voor het eerst zag ze de diepte, een speelgoedtreinstation, een enorm meer langs het spoor, andere bergen, heuvels, zonlicht met een waas, de afbeelding op een doosje met een homeopathisch middel. Ze hijgde. De jongen hurkte voor haar neer en trok haar aan de schouders iets naar zich toe. Daarna wurmde hij de rugzak los en haalde er de tros bananen uit. Hij gaf haar een banaan en at er zelf twee. De schillen stopte hij in zijn eigen rugzak.

'Ik ga verder,' zei hij. 'Voor je het weet, ben ik terug.'

'Kat,' zei ze.

'Wat?'

'Kat.' Ik wil, dacht ze, dat is wat ik wil zeggen. Niet *cat*, maar *I can*, en dan nog iets. Ik kan wel naar boven lopen, als we maar niet zo snel gaan. Zoiets.

'Blijf hier maar zitten,' zei hij. 'Echt, het duurt niet lang voor ik terug ben.' Hij draaide zich om en liep weg.

Ze keek de jongen na. Hij liep als een bergschaap omhoog, bereikte de plek waar gras overging in sneeuw. Ze draaide zich weer om naar het uitzicht en pelde de banaan. Ze propte hem naar binnen, gooide de schil over haar schouder. Ze zei '*I'm fine*' tegen een bezorgd stel wandelaars. '*Just enjoying the view.*' Dat laatste had ze beter niet kunnen zeggen, de man en de vrouw draaiden zich om en begonnen het uitzicht te becommentariëren. Ze stonden hinderlijk in de weg, muggen waren het, storende bromvliegen.

'*What a lovely knitted cap you have,*' zei de vrouw en toen liepen ze eindelijk door. Ze haalde de strip met pillen uit het voorvakje van de rugzak en nam er een in met een paar slokken ijskoud water. Ademde diep in en uit, wreef langs haar benen. Graaide nog eens in het voorvakje, naar het pakje sigaretten en een doosje lucifers. Even bleef ze zitten, met haar handen in haar schoot. Ze streek een lucifer af. Die bleef branden, er was vrijwel geen wind. Ze zette zich schrap. Bijna vloeibare teer en nicotine haakten in haar keel. Ze had nog net tijd de sigaret zo ver mogelijk weg te gooien, voor ze opzij boog en de banaan uitbraakte. Ze kwam recht, ademde nog eens diep in en uit, keek naar de dunne rookpluim. Dronk een paar slokken water, zoet smaakte het, ze spuugde de laatste slok uit. Daarna stond ze op en begon omlaag te lopen. Ze keek niet de afgrond in, niet naar het speelgoedstation. Ze keek pal voor zich, met gebogen hoofd. Naar het pad, haar schoenen, de elzentak en de paarse koordjes die om haar hoofd walsten.

Later, ze wist niet hoeveel later, kwam de jongen het perron op lopen. Ze zat tegen het wachthok geleund, de deur was op slot. Een stel wandelaars stond een stuk verderop, hadden zo nu en dan naar haar gekeken. Heel lang had ze naar een bouwwerk gestaard dat langs het spoor stond: een rode bak op heel hoge, zwarte poten, met een tuit. Ze kwam overeind. Toen de jongen voor haar stond – hij had warme wangen en de metalige geur van ijle berglucht hing om hem heen, het ontbrak er nog maar aan dat hij niet als een blije hond zijn tong ver uit zijn mond liet hangen – vroeg ze: 'Wat zie je?'

Het duurde even voor hij antwoordde. 'Een vrouw met een mooie, paarse muts. Ze is moe. Ze heeft de top niet gehaald, maar dat is misschien helemaal niet erg. Het is kerstmis, ze moet maar eens naar huis. Er moet gekookt en gedronken worden.'

58

Bradwen draaide de auto het oprijpad in, maar reed niet door. Hij wees naar de brievenbus. 'Heb je daar weleens in gekeken?' vroeg hij.

'Nee.'

'Zal ik kijken?'

'Nee.'

Hij reed verder.

Ze zag schapen lopen op het stuk land tegen de weg aan. 'Stop,' zei ze.

De jongen remde.

'Ik wil toch...'

'Zal ik terugrijden?'

'Nee, ik loop wel.' Ze duwde het portier open, heel zwaar ging het. Een paar schapen keken op, de meeste graasden door van het gras dat nieuw voor ze was. Ze trok de deksel van de brievenbus open. Heel weinig zat erin. Deden ze hier niet meer aan reclamefolders? Of wist de postbode dat de weduwe Evans toch geen post meer las? Toen ze een paar folders oppakte, schoof er een kaart tussenuit, die met een tik op de bodem van de bus viel. Ze stopte de folders terug en haalde de kaart eruit. Er stond een hond op. Ze draaide hem om. Haar naam, de naam van het huis, *Gwynned* stond er ook op. Zou dat het graafschap zijn? Het poststempel was duidelijk te lezen. 'Ik kom' en de naam van haar man. Ze draaide de kaart nog eens om, staarde naar de hond. Een puppy was het, in een rieten mand. Ze keek naar het zuiden, naar de berg. Ja, heel gemakkelijk zag hij eruit, vanaf hier.

'Zat er iets in?' vroeg de jongen.

'Nee,' zei ze. 'Troep. Reclame.'

I moved the sheep (not that it is of any concern to you). Williams and Goodwin Estate Agents Valuers Surveyors and Auctioneers and I will come round on the 1st of January. Be sure to have enough cash for the lost geese. Met een stuk kauwgom op de ruit in de buitendeur geplakt.

'Ruikt die man dat we er niet zijn?' zei ze.

De jongen zei niets, hij snoof.

Ze zette de elzentak tegen de muur en ging naar binnen. De keukenklok gaf kwart voor vier aan. De kerstboom brandde. Bradwen liep naar de kachel, stopte er een paar houtblokken in en begon het vuur op te poken. Ze stond in de keuken, keek naar zijn rug. Het pezige lamslijf, klaar leek het, voor een sprong. Ze moest zich inhouden niet nu in het dressoir te gaan rommelen, te zoeken naar dingen waar ze iets aan had. *First things first,* dacht ze.

'Je hebt iets gedaan aan de bank,' zei de jongen. 'Het is net of die groter is.'

Ze zei niets.

Hij liep naar de koelkast en haalde er een aangebroken fles witte wijn uit. Hij had zijn jas nog niet uitgetrokken, zijn muts nog op.

Nu, dacht ze. Maar hoe? 'Wacht even,' zei ze.

'Waarop?'

'Kom eens mee.' Ze liep voor hem uit naar de buitendeur.

'Wat gaan we doen?'

'Kom.' Ze stak het leisteengruispad over naar de oude varkensstal. Ze hoorde hem achter zich aan komen. Het ganzenveld lag in een oranje gloed, de wand van de stal aan de tuinkant was al wat duister. Ze trok de deur open en knipte het licht aan. 'Daar,' zei ze en wees naar de betonnen treden.

'Wat is daar?'

'Ga maar kijken. Achterin.'

'Heb je nog een kerstcadeau voor me?'

'Niet zoveel vragen. Kijk maar.' Ze deed een pas opzij.

De jongen ging de treden af, bukte zich, hield een hand aan de rand van het gat. 'Donker,' zei hij. Hij keek naar haar op. Als een hond, dacht ze. Als Sam die een bevel heeft gekregen dat hij niet helemaal vertrouwt.

Ze wendde haar hoofd af, zocht naar de lat waarmee ze weken geleden de rechthoek op het gazon afgemeten had.

'Dat went zo wel.'

Ze zag zijn blauwe muts verdwijnen en greep naar de bovenkant van het luik, dat met een klap dichtviel en nog een paar keer opveerde. Ze ging op het luik staan en pakte de lat erbij, liet zich op haar knieën zakken, schoof de lat door twee beugels aan weerszijden van het luik. Daarna zette ze zich schrap, wachtte, op gebonk, geschreeuw.

Niets. De jongen hield zich stil, misschien dacht hij dat ze een spelletje met hem speelde. Zo voorzichtig mogelijk kwam ze overeind, alsof geluid van haar geluid bij hem zou opwekken. Ze deed een stap achteruit, door de openstaande staldeur heen. Nog een stap. Ze was buiten. Het duurt maar even, dacht ze. Veel korter dan ik dacht. Ze liet het licht branden, mogelijk had hij er straks nog iets aan, door reten en kieren heen. Later zou ze het misschien uitknippen. Ze draaide zich om, liep terug naar het huis.

Ze schonk zichzelf een glas wijn in, nam de tijd om een slok te nemen. De radio moest aan, maar niet op een zender waar kerstevergreens te horen waren. Ze verschoof de zenderregelaar tot er klassieke muziek klonk. Toen zonk ze een tweede keer op haar knieën en begon de inhoud van het dressoir door te nemen. Kort daarna begon het grote slepen met een matras, dekbedden, vuilniszakken, een ouderwetse lantaarn waar een kaars in kon, een plastic fles met water. De kruiwagen was een goede koop geweest, zelfs het matras liet zich goed vervoeren, nadat ze het precies in het midden op de bak had weten te leggen. Het leek donker, maar de tijd die het nam om op het ganzenveld te komen was genoeg om te merken dat er nog steeds wat licht was, al was de oranje gloed verdwenen. Ze maakte alles in orde, ergens achter haar klokten de ganzen opgewonden. Ze ging stug te werk, dacht aan niets. Tegen de tijd dat ze klaar was – ze had zelfs aan een nijptang gedacht om een plank te verwijderen en het gaas weg te buigen, het uitspreiden van de plastic zakken was lastiger dan verwacht – had ze vuile handen, smerige knieën. Ze zweette en hijgde vrijuit. Ze had het idee dat de lege kruiwagen haar op de been hield, op het korte stuk van het hek naar het huis. Het hek had een tijd opengestaan, en nog waren die stomme vogels niet gevlucht. Ze sloop naar de varkensstal en knipte het licht uit. Beneden bleef het stil. De staldeur liet ze open.

Nog steeds klassieke muziek. Ze had daar geen verstand van, wist niet wat ze hoorde, maar klassieke muziek had voor haar gevoel in elk geval een grotere eeuwigheidswaarde dan kerstevergreens. Ze draaide het volume nog iets omhoog. Het was inmiddels kwart voor acht. Op de keukentafel lag de Ordnance Survey-kaart uitgespreid. *Snowdon / Yr Wyddfa*. Af en toe keek ze naar de groene stippellijnen, kneep haar ogen tot spleetjes om ze allemaal op haar erf, mogelijk zelfs op het ganzenveld, samen te laten komen. De ansichtkaart van haar man lag op de landkaart, met de beschreven zijde naar boven. Dickinson lag erbij alsof het moest, opengeslagen. In de woonkamer ging de kachel langzaam uit, zelfs als ze er vers hout in had willen stoppen, had dat niet gekund: de voorraad was op. Ze at nog twee bananen, die ze binnenhield. Er moest een soort bodem gelegd worden, vermoedde ze. Af en toe stond ze op, liep even heen en weer naar de aanrecht of het dressoir, waarop een zaklantaarn stond, eerder opgedolven uit een la waarin ze ook nieuwe batterijen had gevonden. Langzaam, half glas na half glas, dronk ze de witte wijn naar de bodem toe. Chardonnay. Alcohol, ze meende te weten dat dat goed was. Door de jongen gekocht. Ze voelde geen enkele aanvechting de tv aan te zetten. Om acht uur ging ze de trap op.

Het water was op de rand van te heet. En puur. Deze avond geen Native Herbs. Ze had het badkamerraam opengezet, als ze zelf niet al te hard klotste, was het vlieten van de beek te horen. Ze staarde naar haar wreef. Het was een mooi litteken geworden. De spiegel raakte, ondanks het open raam, gelukkig al beslagen. Ze probeerde zich te ontspannen, bleef toch steeds goed luisteren, het 'Ik kom' op de ansichtkaart veroorzaakte onrust. Het *Be sure* van Rhys Jones was een gebiedende wijs, en leek in niets op *Be it's mattress straight*. Ze sloot haar ogen. Bijen, klaver, witte rozen, een vrouw die een bed opmaakt, met grote bewegingen een onderlaken uitschudt, een laken dat op een strakke matras zakt, een knisperende sloop om een met ganzendonsveertjes gevuld kussen. *Ample make this bed.* Ze opende haar ogen, staarde naar de plafondlamp. Aanvoegende wijs. Het was een aanvoegende wijs. Zoals Dickinson niet schreef: *make this bed ample*, schreef ze niet: *it's mattress be straight, / it's pillow be round*. Vasthouden, even. Denken aan niets, blijven liggen, tot mijn hele lichaam warm is, en het lang zal duren voor ik het koud krijg. Zo warm dat ik zou willen dat ik het koud had. Twintig minuten later trok ze schone kleren aan, broek, blouse, wijde trui. Witte sportsokken. Ze ging de trap af. In de keuken een allerlaatste half glas witte wijn. Een vel papier, een bruine stift, waarmee ze de jongen kort rondjes zag tekenen. Het was een vel papier waarop een tuinontwerp had moeten komen. Binnen een paar minuten was ze klaar, hoofdschuddend, dat wel, omdat ze er niet over uit kon dat ze er zo lang overheen gekeken had. Het was kwart voor negen. Ze trok het snoer van de radio uit het stopcontact en zette het knopje om naar *battery*. De muziek had maar een paar maten gemist. Ze liet de kerstboom branden, en de lampen in de keuken, woonkamer, badkamer en werkkamer. Ze zette de paarse muts op. De buitendeur deed ze niet op slot.

Ze liep over het oprijpad naar het ganzenveld, de smalle lichtbundel van de zaklantaarn bescheen het pad. Geen sterren, de hemel was inderdaad betrokken geraakt. Er viel een heel lichte motregen. De klim over het hek vroeg veel van haar, ze leunde even met haar rug tegen de planken en zocht de ganzen met de bundel licht. De vogels lieten zich niet vangen, natuurlijk niet. Ze pakte de radio op en liep naar het ganzenhok. Op de vuilniszak die voor de ingang lag trok ze haar bergschoenen uit. Radio naar binnen, iets luider nu ze hier was, buiten was de muziek bovendien overstemd geweest door de klaaglijke roep van een uil. Of een wouw. Ze streek een lucifer af en stak de kaars in de lantaarn aan. Ze had het niet koud, het hete badwater was goed geweest. Ze probeerde het omgebogen stuk gaas terug te trekken, dichter tegen de ingang van het hok aan. Ten slotte pakte ze de vuilniszak die buiten lag en vouwde die op. De hele voorraad pillen was meegekomen. Minstens twintig moesten het er zijn, zo had ze ingeschat. Meer was misschien beter, misschien ook niet. Zittend werkte ze de pillen naar binnen, een voor een, telkens met een slok water uit de plastic fles die er al stond. Daarna ging ze liggen, onder de twee dekbedden, ademde diep in en uit. Het licht van de lantaarn flikkerde niet, het plafond van haar hok was egaal verlicht. Ze dacht aan de vos, een vos eigenlijk, ze had hem nog nooit gezien, en aan de das en grijze eekhoorns. Allemaal in winterslaap. Dit was ook een soort winterslaaphok. Zacht licht, het gedempte ruisen van de beek en het doffe tikken van af en toe een dikkere regendruppel. Zelfs nu ze zo lang in het bad gelegen had en schone kleren had aangetrokken, rook ze de weduwe Evans. Ze moest glimlachen. Het was niet erg, helemaal niet erg. Ze sloot haar ogen en opende ze weer toen ze een vreemde druk voelde bij haar voeten. Een van de ganzen zat op het matras, de andere drie zaten aan het voeteneinde. Alle vier in diepe rust, maar niet slapend. Dat is nou jammer, dacht ze nog. Dat ik nu geen brood bij me heb. De gans die op het matras zat, liet zijn kop zakken, tot die op haar onderbenen rustte. Het voelde als een touw, een koord dat haar wegtrok. Ik ben een gans geworden, dacht ze. Weg van hier, door het wrakke met teer bedekte puntdak heen, het weiland over; met de voeten vooruit de lucht in, tussen de takken van de bomen en elektriciteitsdraden door. *Weer de schelle dageraad van deze stille grond.* Met een beetje geluk helemaal naar de top van de berg.

59

'Ongrijpbaar,' zei de man. 'Dat is het woord.'

'Jij bent ook niet de meest duidelijke,' zei de agent.

Ze zaten aan een Engels ontbijt, dat op het buffet aangekondigd stond als *Boxing Day Breakfast.* De man dronk een glas champagne. Heel smerige, roze champagne. 'Wees blij dat jij rijdt,' zei hij tegen de agent. Ze aten worstjes, geroosterde tomaten, bacon, bonen, een gebakken ei.

'Niet duidelijk?' zei de man. 'Wat bedoel je daarmee?'

'Dat ik moeilijk hoogte van je kan krijgen.'

'En ik wel van jou?' Hij zette het glas weg. 'Anton.'

Daar had de agent geen antwoord op. Hij stak een laatste stuk worst in zijn mond en keek op zijn horloge. Na het ontbijt gingen ze naar boven en pakten hun tassen. De man betaalde de hotelkamer, het was veel duurder dan hij verwacht had.

Het regende heel licht. 'Dan zijn we dus allebei ongrijpbaar,' zei de man toen ze in de grote, zwarte auto stapten. Het lopen leek hem deze ochtend beter af te gaan. Hij rekende terug in de tijd en besefte dat het gips er bijna af mocht.

'Dat vind je wel interessant, hè?' zei de agent.

'Ja.'

De agent reed als een haantje van het parkeerterrein af, met grote halen aan het stuur en felle rukken aan de versnellingspook.

De man zette zijn gipsvoet goed en keek naar buiten. Als hij boerde, kwam de smerige champagne omhoog. Hij dacht niet vooruit, als hij zijn best deed, was het zelfs moeilijk zich het gezicht van zijn vrouw voor de geest te halen. *Ik kom.* Eigenlijk alleen omdat hij wist dat ze ziek was. Anders was hij waarschijnlijk weggebleven.

'Die vriend van jou,' zei hij.

'Nee,' zei de agent.

'Nee?'

'Niet over praten. We zijn in het buitenland.'

'Is er wel een vriend?'

Bram kwam tussenbeide, zei dat ze bij de volgende rotonde de tweede afslag moesten hebben. Rechtdoor. *Frodsham, Hapsford, Ellesmere Port.* Op de rotonde bleef Bram uitleggen hoe het moest.

De man keek naar de handen van de agent, die rustig op

het stuur lagen. De ruitenwissers schoven niet langer heen en weer, een stuk verderop kwam een scheur in het wolkendek. 'Het wordt mooi weer,' zei hij.

'Ja,' zei de agent.

'De kans bestaat natuurlijk dat ze er niet meer is.'

'Dat zien we straks wel.'

'Boxing Day, wat betekent dat eigenlijk?'

'Ik weet het niet.'

Over achthonderd meter rechts aanhouden, daarna ga snelweg op. De man begon zich te ergeren aan Bram, hij had geen zin over hem heen te praten. Hij deed zijn ogen dicht en dacht aan hardlopen. Met een voet die het deed, soepel was. Lopen, ademhalen, zweten, pijn in de milt wegknijpen met gebalde vuisten. Alleen thuiskomen, douchen, zich uitstrekken op de bank. Ze zei nooit iets, had hem in al die jaren niet één keer gevraagd hoe het ging. Soms zuchtte ze. Bij wedstrijden had ze zich ook nooit laten zien. Ongrijpbaar. Hij dacht aan iets wat zijn schoonmoeder had gezegd. *En toch is het allemaal jouw schuld.* Omdat hij, zoals de agent eerder gezegd had, ook niet de meest duidelijke was? Hij had geen jeuk, miste de breinaald niet. Waarschijnlijk een teken dat het goed ging, onder het gips.

Northop, Brynford, Rhuallt. Bram had al een tijd niets meer aangegeven, waarschijnlijk omdat ze op de A55 zaten en daar nog geruime tijd op zouden blijven. De zon scheen nu, de velden en bossen dampten. Mooi was het hier, vond de man. Zijn telefoon begon te trillen, tegen zijn borst aan. Hij haalde hem uit de binnenzak van zijn jas.

'Zijn jullie er al?' Schoonmoeder.

'Nee.'

'Hoe kan dat?'

'De boot had vertraging, we moesten een nacht in een hotel.'

'Maar nu zijn jullie er wel bijna?'

'Nog een uur of anderhalf, denk ik.'

'Hoe is het weer daar?'

'Mooi. De zon schijnt.'

'Hier is het vreselijk. Helemaal niet gezellig.'

De man keek even opzij. De agent keek onverstoorbaar recht voor zich. 'Hier is het wel gezellig, ik heb vanochtend champagne gedronken.'

'Wat? Waarom in godsnaam?'

'Het is hier Boxing Day.'

'Wat is dat?'

'Dat weet ik niet. Tweede Kerstdag.'

'Kan die agent wel de weg vinden?'

'Hij heeft hulp. Van Bram.'

'Bram?'

'Zo'n navigatiesysteem.'

'O.' Het was even stil. 'Heeft hij zijn uniform aan?'

'Nee, waarom? Hij is toch niet aan het werk?'

'Nee, ik dacht, omdat het toch een soort officieel ophalen is.'

'Waar de politie helemaal niets mee te maken heeft.'

'Dat is ook weer zo.' Weer viel het even stil in Amsterdam. 'Je schoonvader wil weten of er een film was op de boot.'

'Niet dat ik weet. Maar de boot was heel groot. Wij hebben een clown gezien, op een toneel.'

'Zeg, als je er bent, wil je dan tegen haar zeggen dat we...'

'Ja?'

Er was weer even overleg. 'Nou, dat wij van haar houden. En dat we willen dat ze thuiskomt. Niet bij ons natuurlijk, maar bij jou.'

'Bij mij? Het was toch allemaal mijn schuld?'

'Nee, volgens je schoonvader is dat niet zo. We hebben het er nog eens over gehad.'

'O.'

'We houden van haar, ook haar vader. En dat moet je tegen haar zeggen. Doe je dat?'

'Natuurlijk doe ik dat. Als we er aankomen, kan ik haar ook mijn toestel geven, dan kan je het haar zelf zeggen.'

'Nee, doe jij maar. En dan daarna bellen wij wel. Of nee, jij moet bellen, want wij weten natuurlijk niet hoe laat je er aankomt. Hoe laat is het eigenlijk daar?'

'Een uur eerder dan bij jullie.'

'Nee, ja, dat we niet net zitten te eten.'

De man schudde zijn hoofd.

'Je mag ook tegen haar zeggen dat het geen pas geeft zomaar te verdwijnen. Dat ze aan haar oude moeder en vader moet denken. En dat we het haar vergeven hebben.'

'Wat hebben jullie haar vergeven?'

'Nou ja, dat met die... Iedereen doet weleens wat waar ze later spijt van hebben.' Schoonvader zei iets op de achtergrond. '"Het vlees is zwak," zegt je schoonvader.' Ze begon te huilen.

De man haalde de telefoon van zijn oor. 'Ik heb mijn schoonmoeder aan de lijn,' zei hij tegen de agent. 'Ze zegt dat het vlees zwak is.'

De agent keek kort opzij. 'Daar is geen speld tussen te krijgen,' zei hij.

'Nog iets,' klonk nu de stem van zijn schoonvader. Hij drukte de telefoon weer tegen zijn oor. 'Je moet tegen haar zeggen dat we heel graag samen, met z'n allen, Oud en Nieuw willen vieren.'

'Dat zal ik doen. Komen jullie dan hierheen of bedoel je in Amsterdam?'

'Hier natuurlijk! Wat moeten wij daar? Je schoonmoeder gaat echt niet op zo'n boot zitten.'

'Je kan ook vliegen.'

'Voor geen goud. Nee, hier. Bij ons. In haar oude huis. Dat is goed voor haar. We moeten goed voor haar zorgen.'

'Ja.'

'Jullie hebben toch wel een retour? Wanneer nemen jullie de boot terug?'

'Nee, geen retour. We kunnen terug wanneer we willen. Bovendien zijn we dan met twee auto's.'

'Weet je wat? Zeg maar tegen haar dat haar oom en tante ook komen.' Zijn schoonmoeder zei iets. 'Wat? Wacht even... Nee, natuurlijk vindt hij dat prima, hij maakt zich ook zorgen om haar... Waarom?... Ik sta er voor in dat hij niet raar doet... Sorry, je schoonmoeder sprak tegen me. Ik ga dat meteen regelen. Ik weet zeker dat zij het ook leuk vinden.'

'Ik geef het allemaal door.'

Weer was er even onverstaanbaar overleg. 'Wat? Wacht even. Je schoonmoeder vraagt hoe de marmercake smaakt.'

'Die zit nog in de tas. Dat komt straks wel.'

'Bel je meteen als je er bent?'

'Dat beloof ik.'

'Goede reis verder.'

De man stopte zijn mobiele telefoon terug in zijn jaszak. Hij had een warm oor gekregen. 'Moet jij niet eens bellen?' vroeg hij aan de agent. 'Met het thuisfront?'

'Nergens voor nodig,' zei de agent.

De A55 liep nu langs de kust. *Colwin Bay, Llandudno, Conwy*. Ze werden ingehaald door een trein die over het strand leek te rijden.

'Nog een uurtje,' zei de agent.

'Ik vind het hier mooi,' zei de man. 'En ik vraag me af wat ze de hele tijd uitgevoerd heeft.'

'Misschien woont ze wel samen met een Welshe boer.'

De man lachte. Ze kwamen door een dorp waar de trein stilstond bij het station. Heel in de verte lag land, de man vroeg zich af of dat Ierland kon zijn. Even later haalde de trein de auto weer in. 'Ze is een stadsmeisje. Ze kan nog geen mus van een merel onderscheiden.'

'Moet dat dan? Je kan toch op het platteland wonen zonder enige kennis van zaken?'

'Het is zo eenzaam.'

'Samen met jou in één huis, in de stad, was niet eenzaam?'

'Wat bedoel je daarmee?'

De agent haalde een hand van het stuur en legde die op het been van de man.

Hij liet hem liggen, omdat de agent de chauffeur was.

Links afslaan. Over achthonderd meter links afslaan en weg vervolgen. Na een lange stilte sprak Bram weer eens. *Caernarfon* stond op de borden, nog negen mijl. *Op de rotonde derde weg links*. 'Nu gaat Bram het druk krijgen,' zei de agent.

'Kan hij op de naam van een huis navigeren?' vroeg de man. Hij wreef over zijn linkerknie.

'Nee.'

'Hoe komen we er dan?'

De agent pakte een kaart uit het vak in zijn portier en gaf die aan de man. 'Als je mij niet had,' zei hij.

De man bekeek de kaart. *Snowdon / Yr Wyddfa, Explorer Map*. Een bergbeklimmer in een felrode jas op een rots, met op de achtergrond een besneeuwde bergtop.

'Ik heb het huis omcirkeld,' zei de agent. 'En de weg erheen met geel aangegeven.'

De man probeerde de kaart uit te vouwen, dat was ondoenlijk, hij was veel te groot. Te groot en te gedetailleerd. Bovendien maakte het enorm veel lawaai. Hij legde de kaart op zijn schoot. Rechts was het land aan de overkant van het water een stuk dichterbij. Dat kon Ierland niet zijn. *Neem de afslag. Links aanhouden. Verderop tweede afslag links*. Ze reden door het stadje Caernarfon. De winkels waren open, het was tamelijk druk op straat, de man zag een groot bord met *Sale!* Hij meende een soort palmboom te zien, midden op een kleine rotonde. *Links afslaan, vervolgens tweede afslag links*. De man hield zijn mond, tegen Bram kon hij niet op. Zou Boxing Day een feestzondag zijn waarop de winkels uitverkoop houden?

Een kwartier later stonden ze stil op een T-splitsing. *Bestemming bereikt* had Bram gezegd, en – vlak voor de agent de auto stilzette – *Probeer om te keren*. 'Nee, Bram,' had de agent gezegd. 'Het is klaar met je.' Daarna had hij de kaart van de man teruggepakt. Nu stond hij voor de auto, de kaart lag uitgespreid op de motorkap. Het portier was open.

Het rook er zoals het op een dag in maart in Amsterdam kan ruiken, als de wind uit een bepaalde hoek waait, boerenvoorjaarslucht. De agent draaide zich om en keek een smal, hol weggetje in, dat omhoogliep, in het midden ervan staken plukken gras uit het asfalt. In het land langs het weggetje een ongelofelijke hoeveelheid schapen. Het was vochtig. Het klokje op het dashboard gaf kwart voor een aan, waar de man een uur af trok. Hij was vreemd zenuwachtig. Tweede kerstdag in Wales, misschien zou hij over een kwartier zijn vrouw terugzien.

60

Hij bleef zich de top voor de geest halen. Hoe hij daar had gestaan, zijn adem zichtbaar, de *horse shoe*, de Ierse Zee, de meertjes, de geleidelijke glooiing richting Llanberis, alsof de berg wist dat daar ooit een spoorlijn aangelegd zou worden. Een laag sneeuw. Altijd jammer dat je nooit alleen was op zo'n plek. Het nieuwe topstation, *Hafod Eryri*, was gesloten, platen hardboard beschermden de grote ramen, tegen de achterzijde was een sneeuwduin opgewaaid. Het was niet druk, maar de mensen die er waren, stonden vrijwel allemaal in een mobiele telefoon te praten, gaven door dat ze de top hadden bereikt. Toen hij hardlopend op de plek kwam waar hij haar had achtergelaten, en haar er niet aantrof, had hij over de rand gekeken, de diepte in, voor hij verder rende.

Maar nu zit hij toch werkelijk in de kelder van een oude varkensstal. Zonder mobiele telefoon, als hij al aan iemand zou willen doorgeven dat hij onder de grond zit, kan dat niet eens. Rechtop staan is onmogelijk. Ze heeft kussens op de grond gelegd, kleden en dekens. Pas nadat ze het licht heeft uitgeknipt, steekt hij de kaars aan, met een lucifer uit een doosje dat naast de flessen ligt. Eén kaars, niet allebei. Ze zijn in de hals van twee wijnflessen gestoken. Echt donker kan het trouwens niet worden, in het huis branden lampen, er vallen stroken licht op het gazon, hij kan ze zien door het smalle, lange raam. In een plastic krat liggen brood en pakken koek, boter, een paar bananen, een mes, koud lamsvlees, gesneden, een stuk kaas. Drie flessen rode wijn met schroefdop, één fles witte wijn, zeven flessen water, chips. Een glas en een bord. Naar een tweede kerstcadeau heeft hij niet eens gezocht. Hij meent te horen dat ze iets met de kruiwagen vervoert, voetstappen op het leisteengruis, het laatste wat hij hoort, is klassieke muziek, de radio moet hard staan, de buitendeur of het keukenraam open, iets later dicht. Of de radio uit. Hij begrijpt het niet, en toch is hij niet echt verbaasd. Wel duwt hij met kracht tegen het luik, voelt stof op zijn hoofd neerdalen. Zachtjes vloekt hij. '*Sguthan,*' zegt hij, zonder woede te voelen, en '*Iesu grist.*' Hij eet en drinkt, maar niet te veel. Dit zou weleens een week kunnen gaan duren. En dat het dan zijn vader zal zijn die hem bevrijdt, daar kan hij helemaal niets aan veranderen. Hij trekt de bergschoenen en zijn jas uit en haalt de muts eindelijk van zijn hoofd. Met zijn kleren aan gaat hij op de kussens liggen en trekt de dekens en kleden over zich heen. Hij blaast de kaars uit. Hij heeft het niet koud. In het huis branden nog maar steeds de lampen. Hij ziet zichzelf op de top van Yr Wyddfa staan, hij ademt er de scherpe lucht in, knijpt zijn ogen dicht tegen de sneeuwzon.

Vogels fluiten de volgende ochtend, met zicht op niets – ja: balken en houten planken – zou hij kunnen denken dat het voorjaar is. In de loop van de nacht is toch grondkou omhooggekropen. Hij gaat rechtop zitten, eet een stuk brood met kaas, drinkt wat water. En wacht. Misschien heb ik haar zwanger gemaakt, denkt hij. Hij staat op om door het smalle raam te kijken, het gras is vochtig, en als hij iets later weer door het raam kijkt, ziet hij dat de zon een stuk is opgeschoven. Nu pas valt hem op dat ze de drie bloeiende plantjes uit de vensterbank in de keuken op de rand van het kelderraam heeft gezet. Als hij zijn vinger in een van de potjes steekt, voelt hij dat de aarde vochtig is.

Hij is er nog steeds niet over uit waarom hij op het gazon was blijven staan, als een hert dat in het licht van koplampen gevangen is – de koplampen van een zwarte auto met een laadbak, die naast het huis stond – terwijl hij net zo gemakkelijk weg had kunnen lopen, opnieuw over de muur had kunnen klimmen. De hond had trillend tegen zijn benen aan gezeten, zo graag wilde hij naar zijn baas toe. Ze had hem een teken gegeven, onbegrijpelijk, maar toch: een teken. Daarom misschien.

Vroeger kon hij hier wel rechtop staan, moest hij zelfs zijn best doen om door het smalle raam te kijken. Naar zijn moeder en de weduwe Evans die op vreemde stoelen bij de beek zaten, in de schaduw van de elzen. In deze kelder was het altijd fris, hij begreep niet dat ze buiten bleven. Op een wankel tafeltje een paar glazen *lemon yellow* met ijsblokjes. Op zijn tenen kijkend naar de vrouwen, luisterend naar de stem van zijn moeder, die soms luid 'Bradwen!' riep, en dan de stem van de weduwe Evans: '*You know where he is, let him be.'* En altijd het opbreken wanneer zijn vader op de stoelen en het tafeltje af liep, klaar met zijn schapen, klaar om naar huis te gaan, het zweet op zijn voorhoofd en neus.

De vogels vallen stil, mogelijk krijgen ze door dat het Boxing Day is, in elk geval midwinter, en niet een mooie dag in mei. Hij begint heen en weer te lopen, gebukt, in de kelder met de groene tegels, duwt nog eens tegen het luik, dat natuurlijk nog steeds niet meegeeft. Stof valt neer op de betonnen treden. Hij stelt zich een peuter voor, op een schommel en met een onwillige bal voor de korte beentjes. Na een tijdje krijgt hij last van zijn rug en gaat op de kussens liggen. Koud heeft hij het niet meer. Was Sam er maar, hoewel de hond altijd iets achterhield, steeds maar over zijn schouder keek, niet onvoorwaardelijk zijn hond was. Hij knoopt zijn broek los en trekt een deken over zich heen.

Uren later, op het moment dat hij een stuk koud lamsvlees eet, hoort hij een auto. Niet een die wegrijdt, maar een die aankomt. Hij houdt zich stil, stopt even met kauwen. Liever zit hij in een kelder dan dat hij zijn vader nu al tegen het lijf loopt. *Be sure to have enough cash for the lost geese.* Alsof de vrouw de vos is die de beesten opvreet. Portieren gaan open, klappen dicht, dof en ver, de auto is niet vlak bij het huis stilgezet. Twee mannenstemmen. Ze zouden toch pas op 1 januari komen? Voetstappen op het pad. Er wordt niet Welsh gepraat, het lijkt op haar taal, hij herkent de harde g-klanken, de vreemde klinkers. Hij kijkt om zich heen. En nog eens. De bloeiende plantjes, het koude vlees, de twee wijnfleskandelaars. Hij trekt zijn schoenen aan en zet de muts op. Daarna eet hij nog een stuk lamsvlees met een snee brood, hij drinkt er een glas rode wijn bij. Als hij klaar is met eten, begint hij tegen het luik te bonzen.

'Wie ben jij?' vraagt een van de mannen. Een man met kort, zwart haar.

'Bradwen,' zegt hij. 'Ik ben Bradwen Jones.'

'Waar is Agnes?' Dat vraagt de andere man, hij heeft een gipsbeen en steunt op krukken.

'Wie?'

'Agnes. Uit Amsterdam.'

'Hier woont geen Agnes. Wie zijn jullie?'

De mannen blijven in de deuropening staan, geen van beiden geeft antwoord. De jongen staat op de betonnen treden. Schel zonlicht valt tussen hun benen door in zijn ogen, hij zet een hand tegen zijn voorhoofd.

'Geen Agnes?' zegt de man met het gipsbeen.

'Nee.'

'Wat doe jij daar?' Dat zegt de andere man, de man met net zulk haar als het zijne, alleen veel korter.

'Ze heeft me hier opgesloten. Emily.'

'Emily?'

'Ja.'

'Wanneer?'

'Gistermiddag.'

'Waar is ze?'

'Dat weet ik niet. Is ze niet in het huis?'

'Nee. Waarom heeft ze je opgesloten?'

De man met het gipsbeen begint in het Nederlands tegen de andere man te praten. Hij gebaart, noemt nog eens de naam 'Agnes'. De man met het zwarte haar blijft de jongen aankijken, ook als hij iets terugzegt tegen de andere man. Hij heeft de lat in zijn hand. De mannen stappen eindelijk weg uit de deuropening. 'Kom,' zegt de man met de lat. De jongen klimt de kelder uit. De man zet de lat tegen de muur en daalt de betonnen treden af, de jongen ruikt hem als hij even heel dichtbij is, frisse, krachtige aftershave. De man met het gipsbeen hinkt met zijn krukken naar het huis toe. De jongen wacht tot de man uit de kelder komt en loopt voor hem uit naar de voordeur, die wijd openstaat. Hij kijkt naar de rozenboog. De ene witte roos die een paar dagen geleden niet veel meer was dan een knop, is nog steeds een knop, zal waarschijnlijk nooit uitkomen.

In de keuken spreken de beide mannen gewoon door in het Nederlands, het is of ze hem vergeten zijn. Of hij er niet toe doet. De man met het gipsbeen houdt de dichtbundel van Emily Dickinson in zijn hand. Uit een heleboel onbegrijpelijke klanken pikt de jongen de namen 'Emily' en 'Agnes' op en één keer 'ach'. Hij staat met zijn kont tegen het kooktoestel, alsof hij daar hoort. De warmte voelt goed na de kelder. De man praat door, legt zijn hand even op een vel papier dat op de uitgespreide kaart ligt. Naast het papier de bruine viltstift, een van de stiften waarmee het tuinontwerp getekend had moeten worden. De reistassen van de mannen staan tegen het dressoir aan. De radio is weg, een opvallend lege plek. De kerstboom brandt. Nu pakt de man een kaart op, geeft die aan de man met het zwarte haar. De jongen glimlacht. *Troep*, denkt hij. *Reclame*. 'Koffie?' vraagt hij, vooral omdat hij zelf zin heeft in koffie.

'Wanneer is deze kaart gekomen?' vraagt de man met het zwarte haar.

De jongen opent een klep en vult de pot met water en koffie. 'Gisteren.'

'Bezorgen ze hier post met de kerst?'

'Waarschijnlijk zat hij al in de brievenbus. Ik heb die kaart niet eerder gezien.'

'Wie ben jij?'

Het lijkt wel een verhoor. 'Bradwen Jones.' Het voelt goed zijn eigen naam zo te zeggen, vooral omdat hij ook wel begrijpt dat die man eigenlijk iets anders wil weten. De koffiepot staat nu op de plaat, de warmste plaat. De jongen kijkt door het raam, naar de omgevallen eik. Ook valt hem op dat er iets niet klopt aan het leisteengruispad dat het gazon in loopt. Het heeft geen doel, geen eindpunt. Daar zou iets moeten staan. Hij draait zich om. De man met het gipsbeen staart naar de ansichtkaart, de andere kijkt hem aan. 'Zit jij bij de politie?' vraagt hij.

'Ja.' En na een korte pauze: 'Jij bent een lepe knul.'

'Hoe heet je?'

'Anton.'

'En hij?' De jongen gebaart naar de man met het gipsbeen.

'Hij is de man van Agnes. Rutger.'

'Waar is ze?' vraagt de man van Agnes. Rutger. Hij praat tegen de ansichtkaart.

De koffie begint te pruttelen. De jongen neemt de pot van de plaat en pakt drie koppen.

'Wat is dat voor briefje aan de voordeur?' vraagt de agent.

'Van mijn vader.' Verder weet de jongen er niets over te

zeggen, geen idee heeft hij waarom zijn vader met een makelaar langs gaat komen op 1 januari.

'Ganzen?' vraagt de agent.

'Op het land langs de oprit lopen ganzen, er wordt er weleens een gepakt door een vos.' Hij zet twee koppen koffie op de tafel, haalt melk uit de koelkast en pakt de suikerpot van de aanrecht. De man van Agnes kijkt op, er lijkt hem iets te binnen te schieten. Hij komt overeind en haalt een rechthoekig voorwerp uit zijn tas, in aluminiumfolie gewikkeld. Hij legt het op tafel, maar pakt het niet uit. De agent kijkt de jongen aan. De jongen kijkt terug, is zich bewust van zijn ene oog.

Later ligt hij in bad. Het raam staat open, het water is heet en geurt naar Native Herbs. Hij heeft de Nederlanders naar de steencirkel gestuurd. Hij heeft gezegd dat ze daar graag was. En als ze daar niet is, zei hij, is er ook nog het waterreservoir, een stukje verderop. Ver kan ze immers niet zijn, de auto staat gewoon achter de oude varkensstal. Hij had zijn mond gehouden over een das en nee, hij liep niet mee, het was niet moeilijk te vinden, gewoon het pad volgen. De agent had hem gevraagd niet te vertrekken, alsof hij een verdachte in een verdwijningszaak was. Daar had hij kort om gelachen, wat de agent weer had doen glimlachen. Traag ging het, zag hij door het keukenraam, hoewel de man met het gipsbeen sneller liep dan hij verwacht zou hebben. Rutger en Anton. Hij kijkt naar zijn geslacht, dat in het warme water zweeft en groter lijkt dan het is. Zwanger, denkt hij. Het idee laat hem niet los, helemaal niet nu hij weet dat er een man is. En zij had het gewild, ze had niets willen gebruiken. Waar is de radio gebleven? Hij sluit zijn ogen en luistert naar het ruisen van de beek. Hij schat de situatie in. Hij zou kunnen blijven, die agent, Anton, zou dat helemaal niet erg vinden. Hij opent zijn ogen en klimt uit het bad. Als hij zich afdroogt, snuift hij. Emily zei dat ze de weduwe Evans rook. Hij ruikt zichzelf, en dat ruikt lekker. Als hij even later de deur van de werkkamer opentrekt om schone kleren uit zijn rugzak te halen, ziet hij dat de matras verdwenen is.

De jongen staat bij de hoek van het huis. Een meter of vijftig verderop staat de grote zwarte auto waarin de beide mannen aangekomen zijn. De zon schijnt nog steeds, even eerder, door het raam op de overloop, had hij de zee zien blinken. Voor hem ligt het ganzenveld. Het is leeg. Hij begint het oprijpad af te lopen, houdt de kant van het veld aan. Als hij een stuk voorbij de zwarte auto is, draait hij zijn hoofd, omdat hij meent blaasinstrumenten in het geruis van de beek te horen. Trompetten. Het gras op het ganzenveld is heel kort, de vogels hebben elke stengel tot op de grond afgegraasd. De jongen klimt over het hek en loopt langzaam, steeds langzamer, in de richting van het ganzenhok. De trompetten zaten niet in de beek, ze huizen in het hok. Een half jaar geleden scheen de zon ook, het was toen veel warmer, de eiken waren groen, de gaspeldoornstruiken in het schapenveld waren geel, het gras groeide zo hard dat de ganzen er niet tegenop konden eten. Hij laat zich door de knieën zakken. De planken en het schapengaas zorgen ervoor dat hij een vertekend beeld krijgt. Hij ziet een stuk van de matras, de muziek is niet erg luid maar wel duidelijk hoorbaar. Nu ziet hij dat de matras op een vloer van vuilniszakken ligt, de vier ganzen zitten om de vrouw heen, ze beginnen zachtjes te snateren als ze hem opmerken. Eén gans lijkt op haar benen te rusten en begint zelfs te sissen, alsof hij op wacht zit. Iets paars ziet hij ook; ze heeft haar muts opgezet. Genoeg zo.

Hij komt overeind. *A woman with a very nice, purple knitted cap. She's tired. She didn't make it to the top, but that's not the end of the world. It's Christmas, and time she went home. There is cooking and drinking to be done.* Woord voor woord diept hij het op. Het is ook nog maar gisteren. *What do you see?* was de simpele vraag, terwijl ze hem niet aankeek, stug en een beetje verlegen naar de watertank bleef kijken. Ze was onbeschrijfelijk mooi. Niet eerder had hij haar zo gezien. Ontzaglijk mooi; als een boom of struik die in het jaar voor hij afsterft zoveel mogelijk bloemen aanmaakt. Maar ook dat had hij niet tegen haar gezegd. Emily.

Voor hij over het hek klimt, draait hij zich om. Hij kijkt uit over het ganzenveld en het schapenland zonder schapen. Hij denkt aan drie dode vrouwen, twee ervan hier, een in haar bed in het huis in Llanberis. Vlak voor ze dood was, zei ze nog iets, hij had het nauwelijks verstaan, zo had de schoonheid van zijn moeder hem afgeleid op dat moment. '*Go,*' had ze gezegd. '*If you want to, or if you have to, go.*' Daarna had ze haar ogen gesloten. Hij kijkt naar de lucht, die blauw is. Hij ziet de houten palen met de elektriciteitsdraden, gaspeldoorns, eiken, een paar kraaien, een kapotte oranje kuip op het gras, een prikkeldraadhek. En natuurlijk het hok van waaruit nog steeds muziek komt. Ruimschoots schaduw, zelfs naast de oranje kuip, veel meer dan afgelopen zomer. Dat is het wel zo'n beetje, op een enkele wolk na, heel in de verte. Heel zachte muziek, en het ruisen van de beek. Hij glimlacht. Zo had ze het zich niet voorgesteld, denkt hij. *Let no sunrise' yellow noise interrupt this ground.*

De jongen pakt zijn rugzak in. Dat is snel gedaan, niet één keer heeft hij alle kleren eruit gehaald. Voor hij de werkkamer verlaat, bekijkt hij het stapeltje boeken dat op het tafeltje ligt. Hij stopt *The wind in the willows* in het bovenvak van zijn rugzak, omdat op de omslag een mol, een pad en een rat staan. In de keuken kijkt hij uit het raam. Geen spoor van de man en de agent. Hij gaat aan de tafel zitten en bekijkt het vel papier. Haar handschrift. Onleesbaar, Nederlands. Eén woord kan hij lezen: 'bed'. Op de ansichtkaart eveneens een onbegrijpelijke tekst, twee woorden. Voor het eerst ziet hij haar naam, er staat werkelijk 'Agnes'. Ook de naam 'Rutger' staat op de kaart. Hij pelt het aluminiumfolie van het rechthoekige voorwerp. Er komt een soort cake tevoorschijn, met donkerbruin erin. Hij pakt er een mes bij en snijdt een plak af. Het smaakt heerlijk, hij snijdt een tweede plak af. Als hij die op heeft, vouwt hij het folie er weer omheen. Hij staat op. Kijkt naar de kerstboom en denkt: een verloren boom. Van de boom kijkt hij naar de tassen van de beide mannen, die tegen het dressoir aan staan. Heel even aarzelt hij maar. Uit elke portemonnee haalt hij veertig pond, terwijl er veel meer in zit. Hij stopt de portemonnee van Rutger in de tas van Anton en die van Anton in de tas van Rutger. Met een plastic tas in zijn hand en de rugzak om één schouder loopt hij het huis uit. Hij bedenkt zich, zet de rugzak tegen de muur naast de deur, legt de plastic tas er bovenop en gaat het huis weer in. Rustig begint hij de kerstboom af te tuigen, stopt de ballen en slingers en uiteindelijk de lichtjes in een la van het dressoir. Als hij dat heeft gedaan, trekt hij de boom uit het leisteengruis en schudt de kluit goed uit. Gaat met de boom naar buiten, over het pad dat het gazon in loopt. Uit de stal haalt hij de spa en graaft een gat aan de kop van het nieuwe pad. Hij zet de spar in het gat en stampt de aarde aan, zet daarna de spa terug in de stal. Dan pakt hij de plastic tas van zijn rugzak en gaat nog één keer de kelder in. Hij stopt brood, lamsvlees en bananen in de plastic zak, pakt een fles water en loopt de betonnen trap op. Hij legt de plastic tas bovenop zijn kleren en klikt de bovenflap van de rugzak dicht. Hij trekt een riempje aan de zijkant los en laat er de anderhalve literfles water doorheen zakken, tot de bodem ervan in een zijvak rust, waarna hij het riempje voorzichtig weer aantrekt. Hij hijst de rugzak op zijn rug, doet netjes de buitendeur dicht en gaat de kissing gate in de stenen muur door.

Hij steekt de beek over. Hij weet nog niet of hij op het pad zal blijven of evenwijdig aan het pad gaat lopen, achter een dichte houtwal. Hij weet dat hij een dagtocht terug moet. Hij is eenvoudigweg verkeerd gelopen. *Sometimes a day's work is for nothing because it leads nowhere,* hij heeft het immers zelf tegen haar gezegd, weken geleden. Het langeafstandspad moet via Llanberis de berg op, dat geeft wandelaars een keus: te voet of met de stoomtrein. En vanaf de top van Yr Wyddfa afdalen naar Rhyd Ddu – met de aantekening dat het lopen over de graat niet zonder gevaar is – en dan langzaamaan in de richting van de kust. Aberystwyth zou een mooi eindpunt zijn, daar is een treinstation. Binnen twee uur naar Shrewsbury. Dat hij dat niet eerder ingezien heeft. Dit hier is de verkeerde kant van de berg.

Hij kijkt naar het zuidwesten. Een paar uur licht heeft hij nog wel. Als hij in de verte stemmen hoort, weifelt hij even, baant zich dan een weg door de houtwal en hurkt neer achter een boom. Iemand heeft hem ooit verteld dat nagels en haar nog even doorgroeien nadat iemand is overleden. Hoe lang, vraagt hij zich af, blijft een ongevormd wezen bloed en voedsel opnemen? Hij knijpt zijn ogen dicht. Hij wil niet zitten, niets doen. Hij wil lopen, in beweging zijn. Dan zucht hij en kijkt naar het weiland dat voor hem ligt, omzoomd door een haag van gedrongen bomen. Als jochie kon hij zelfs als hij hier zat en de wind goed stond, de stemmen van zijn moeder en de weduwe Evans horen. Nooit ging hij verder dan die stemmen reikten. Over tien of twintig jaar zal hier weinig veranderd zijn. Hij komt pas achter de oude hulstboom vandaan als hij de mannen niet meer hoort. Hij begint zacht te fluiten.

61

Spreid dit bed met zorg,
Spreid het ademloos.
Wacht er tot de laatste dag
Luisterrijk en puur.

Het matras zij strak,
't Hoofdeinde rond;
Weer de schelle dageraad
Van deze stille grond.

VERANTWOORDING

Het gedicht op pagina vijf komt uit *The Complete Poems of Emily Dickinson*, Faber and Faber, London 1975. De overige gedichten in de roman zijn afkomstig uit *Collected Poems of Emily Dickinson*, Gramercy Books, New York, 1982.

Ook is gebruikgemaakt van *My Wars Are Laid Away in Books – The life of Emily Dickinson*, Alfred Habegger, The Modern Library, New York, 2002.

Sguthan op pagina 224 is Welsh voor 'rotwijf'.
Iesu grist op dezelfde pagina is 'Jezus Christus'.

Gerbrand Bakker bij Uitgeverij Cossee

Boven is het stil

Roman, gebonden, 272 blz.

Helmer van Wonderen doet zijn vader naar boven; het is tijd om schoon schip te maken. Hij haalt de woonkamer en de voormalige ouderlijke slaapkamer leeg, schildert de boel en koopt nieuwe spullen.

Ooit had hij een tweelingbroer, Henk, de lieveling van zijn vader, degene die de boerderij zou overnemen. Maar van de ene op de andere dag werd Helmer tot opvolger gebombardeerd, door vader uit de stad gehaald en onder de koeien gezet. In het drassige laagland, met alleen het snuiven van de koeien en het gemekker van de schapen die de stilte nu en dan doorbreken, verzorgt hij de dieren en zijn oude vader.

Als een boer uit de omgeving naar Denemarken emigreert, komt Helmer vooralsnog niet verder dan fantaseren over een andere toekomst, misschien in een ander land. Een onverwachte brief en een even onverwacht bezoek maken dat hij zich niet langer kan verstoppen voor de wereld en voor zichzelf.

'Een buitengewoon ontroerend boek, waarin, onuitgesproken, heel veel levenswijsheid en poëzie wordt opgeroepen,' – *Dagblad van het Noorden*

'Bakkers fenomenale debuut is één van die zeldzame en uitzonderlijke romans, die iedereen moet lezen.'
– *Irish Times*

Gerbrand Bakker bij Uitgeverij Cossee

Juni

Roman, gebonden, 272 blz.

Op die zomerse zeventiende juni in 1969 staan Jan en Johan Kaan voor Het Polderhuis om de koningin feestelijk te begroeten. Oudste broer Klaas is er niet, die gaat liever zwemmen. Als hun moeder met de kleine Hanne iets te laat op het feestterrein aankomt, precies op het moment dat de koningin weer in de auto stapt, neemt Juliana nog even de tijd om ze persoonlijk aan te spreken. Het zou een onvergetelijke feestdag geworden zijn, als de bakker 's middags tijdens een inhaalbezorgronde niet met zijn splinternieuwe VW-busje een ongeluk had veroorzaakt. Jaren later is de familie Kaan er nog steeds verdeeld over. Als Jan Kaan op een alweer een gloeiendhete junidag van Texel voor een speciale klus naar zijn geboortegrond terugkeert, is er meteen weer onrust en stille woede. Is het niet eindelijk tijd over te gaan tot de orde van de dag? En waarom wil niemand aan de kleine Dieke vertellen om welke reden haar oma al anderhalve dag met een fles advocaat in de oude schuur op het stro ligt en geen mens wil zien?

'In sfeertekening toont Bakker zich opnieuw een meester. Veel zinnelijke details die zo naar binnen trekken. Bakker is en blijft een rasschrijver.' – *Trouw*

'Een schitterend en elegisch boek. Het is heerlijk Bakkers bijna tedere compassie met deze familie te voelen. De beelden die hij oproept blijven in ons geheugen, begeleiden ons voor lange tijd.' – *Literatur und Zeitkritik*

Meer informatie over Gerbrand Bakker
en de boeken van Uitgeverij Cossee
vindt u op onze website www.cossee.com
en op www.gerbrandsdingetje.nl